KB212111

평균율

연습

평균율
연습

김유진

장편소설

# 차례

여
름
휴
가

수민은 방파제를 향해 서 있었다.

수민의 키를 웃도는 높이의 방파제가 해안선을 따라 길게 이어졌다. 레몬색으로 페인트칠을 한 벽면에는 바다 생물이 몇 걸음마다 장식되어 있었다. 소라, 불가사리, 따개비, 옥돔 모형을 눈으로 좇던 수민이 고개를 들자 먼 곳으로 갈수록 차츰 색이 짙어지는 여름하늘이 보였다. 후텁지근한 바람에 물비린내가 실려왔지만 바다는 장벽에 가로막혀 보이지 않았다.

오늘 아침 수민은 지도 앱으로 숙소에서 가장 가까운 바다를 찾아보았다. 도보로 삼십 분. 숙소는 시내에 위치한

레지던스였다. 휴가철을 살짝 비켜나긴 했지만 바닷가 부근의 쓸 만한 숙소는 대부분 만실이었다. 떠들썩한 분위기도 싫었다. 수민은 밤이면 투숙객들이 옥상이나 거실에 모여 술을 마시고 기타를 치며 노래를 부른다는 낭만적인 후기가 올라온 게스트하우스들을 가장 먼저 제외했다. 섬이니 사방이 바다일 텐데 굳이 바닷바람을 맞으며 잠까지 잘 필요는 없지 않나 싶기도 했다. 다행히 침실에 난 작은 창으로 먼바다를 볼 수 있었다. 사흘의 여행 기간 중 이틀 내내 비가 내리는 바람에 숙소에 머무는 시간이 많았던 수민에게, 해질녘 수평선 위로 켜켜이 쌓이는 노을과 한치잡이 어선의 일렁이는 등불이 뒤섞이는 풍경은 여행의 가장 인상 깊은 장면으로 남기도 했다.

지도 앱 화면을 가로지르는 해안 산책로 위쪽으로는 바다가, 그 아래로는 관광호텔들이 즐비했다. 호텔 뒷골목을 확대하자 SNS로 유명해진 브루어리가 지도상에 나타났다. 바다를 본 뒤 그곳에서 맥주를 한잔 마시는 게 수민의 원래 계획이었다. 긴 오르막길을 걸어야 했던데다가 출구 공사 중인 지하보도에서 헤매는 바람에 시간이 두 배쯤 더 걸렸지만, 괜찮았다. 여행이란 다 그런 거니까. 그러나 방파제의 높이에 대해선 생각해본 적이 없었다.

수민은 브루어리로 이동하기로 했다. 바다를 찾은 건 섬 여행의 의례적인 과정일 뿐, 그다지 간절한 목표는 아니었다고 생각하기로 했다. 그건 실제로도 그래서, 막상 섬에 도착하자 여행의 의욕이 순식간에 사그라져버렸다. 여행은 별일도 별 탈도 없이 끝을 향해 가고 있었다. 뜻밖의 일이 일어나는 건 소설적 형식일 뿐 이제 두어 시간 뒤엔 공항으로 출발해야 했다.

운동화를 신은 발바닥이 불에 덴 듯 화끈거렸다. 배낭을 멘 등도 땀에 젖어 축축했다. 수민은 창문을 모두 닫아두어 열기에 익어가고 있을 집을 떠올렸다. 수도 레버를 냉수 방향으로 끝까지 돌려도 물에서 찬기가 느껴지지 않을 정도로 날이 더워, 세간도 사람도 무르기만 한 날들이 끝나지 않을 듯 이어지고 있었다.


수찬에게 문자메시지를 받았을 때, 수민은 여느 때처럼 집에서 원고를 들여다보고 있었다. 젊은 스위스 작가의 연애소설이었는데, 유럽에서 상을 몇 개 받으며 꽤 관심을 끈 모양이었다. 편집 의뢰를 해온 곳은 이제 막 외서 한 권을 출간한 신생 독립 출판사로, 수민은 세 달 전 합정역 부근의 공유 오피스에서 대표와 미팅을 했었다. 사무실로 가는 길, 벚꽃이 진 자리에 돋아난 잎사귀들이 그늘을 드리운 늦봄 골목이 유난히 싱그러웠던 기억이 있었다. 수민을 맞이한 대표의 얼굴이 대학생처럼 앳돼 보여 더 그랬다. 보이는 것과 달리 미팅 내내 의젓하던 대표는 아니나다를까, 일정 조율이 마무리될 즈음 갑자기 앓는 소리를 하기 시작했다. 예상보다 높은 제작 단가와 대형 서점의 매대 진열 비용, 크라우드 펀딩에 필요한 굿즈 제작 등등 창업 이후 무궁무진하게 샘솟는 어려움에 대해 늘어놓았다. 처음엔 '수민님'이라고 부르더니 헤어질 무렵엔 "언니, 많이 도와주세요"라며 살갑게 굴었다. 수민은 일개 외주 편집자인 자신이 무엇을 도와줄 수 있나 싶어 웃고 말았다.

소설은 므제브의 겨울 별장에서 휴가를 보내던 주인공이 우연히 스키장에서 만난 남자에게 호감을 느끼는 것으로 시작되었다. 그와 카페에서 레스토랑으로, 칵테일 바로 자리를 옮겨가며 탐색전을 거치는 동안, 소설은 몽블랑의 절경을 성실히 담아내고 있었다. 둘 사이를 오가는 성적 긴장과 지적 유희로 서사는 지루하지 않게 흘러갔지만, 수민은 어쩐지 문장에 집중이 잘되지 않았다. 대신 유사한 배경의 다른 작품들, 이를테면 젊은 동성 연인과 떠난 휴가지에서 애인에게 주먹으로 안경 쓴 얼굴을 얻어맞은 늙은 남자의 이야기나, 나치를 피해 도망친 므제브의 설원에서 믿었던 이에게 배신당하고 기억까지 잃어버린 아무개의 독백 같은 것들만 연달아 떠올랐다. 대표가 원문 대조용으로 보내준 프랑스어 원서의 PDF 파일과 번역 원고 파일, 구글 검색창, 불한사전 사이트 등으로 어지러운 컴퓨터 화면 구석에 문자 알림이 뜬 것은 그때였다.

'수민아, 나 스님이 될까 해.'

수민이 수찬을 처음 만난 건 십오 년 전, 파리의 한 한식 주점에서였다. 그 당시 수민은 한 살 위의 유학생인 정우 선배와 함께 살고 있었는데, 정우 선배는 그르노블과 랭스의 어학원을 거쳐 파리에서만 이 년째 보자르 입학시험을 준비하고 있는 이른바 장수 어학생이었다. 수민은 정우 선배가 인터넷 교민 커뮤니티에 올린 룸 셰어 게시글을 보고 연락한 첫번째 문의자였고.

대학 졸업 학년을 앞두고 일 년짜리 어학연수를 온 수민이 그곳의 아날로그식 행정 처리에 골머리를 앓고 있을 때 두 팔 걷고 나서준 사람이 정우 선배였다. 체류증 발급 신청을 위한 대기 줄에 수민과 함께 선 정우 선배는 프랑스인들의 정신을 '사 데팡'*이란 말로 요약하면서, 동양인 유학생이 이곳의 만연한 인종차별에 대항할 방법은 쪽 수뿐이라고 했다. 언제나 하나보단 둘이, 둘보단 셋이 나은 법이라고 말이다. 정우 선배는 수민의 어학 공부에도 조언을 아끼지 않았다.

"프랑스어가 그냥 들으면 부산말이랑 완전 똑같거든."

급할 때면 한 번씩 튀어나오던 사투리. 선배의 부산식 프랑스어가 단어와 단어가 조악하게 연결된 몇 가지 문장 유형의 돌려막기에 불과하다는 사실을, 리스닝에 취약한 수민은 반년이 지나고 나서야 깨달았다.

그래도 정우 선배는 장점이 많았다. 수민은 파리에 도착한 첫날 정우 선배가 차려준 어설픈 저녁 밥상을 지금도 기억하고 있었다. 그날 식탁에는 골뱅이무침이 올라와 있었다. 골뱅이무침이라니. 대형 캐리어를 끌고 공항에서 지하철로, 자갈 바닥과 엘리베이터 없는 아파트의 육층 계단을 걸어올라오느라 기진맥진한 수민에게는 그다지 반갑지도, 그렇다고 새롭지도 않은 음식이었다. 굵게 썬 리크 위에 얹어져 있던 골뱅이들. 그날, 마지못해 골뱅이 하나를 집어먹은 수민이 감사의 표현 대신 정우 선배에게 건넨 말은 이런

---

* Ça dépend. '상황에 따라 다르다'는 뜻.

거였다.

"그런데 집이 원래 이렇게 추워요?"

너무 어렸어.

수민은 자신이 낯선 세계를 감당하기엔 너무 어리숙했다고 결론 내렸다. 그래서 누군가 그 시절에 대해 물을 때면 으레 너무 어렸다는 말로 운을 떼곤 했다. 한국에서 온 골뱅이 통조림이 질 좋은 와인 한 병 가격과 맞먹는다는 사실을, 그래서 그날의 밥상이 큰 사치이자 환대의 의미였음을 알게 되기까지는 시간이 좀더 걸렸다. 수민은 자신이 무언갈 배우는 데에 다른 사람들보다 긴 시간이 필요하다는 걸 그때 알았다.

사람 사이의 주고받음이 일종의 세상의 리듬이라는 것을 일찍이 깨우친 정우 선배는 누굴 만날 일이 생기면 그게 어떤 자리든, 심지어 자신의 어학원 종강 파티에도, 내성적인 수민을 끌고 다녔다. 그 때문에 둘은 종종 레즈비언 커플로 오해를 받기도 했는데, 말이 어눌한 수민은 늘 반박할 기회를 놓쳤고 정우 선배는 그냥 웃어넘겼다.

그 자리는 정우 선배가 그르노블에서 어학원을 다녔을 당시 알고 지낸 한국인 유학생들의 모임이었다. 대부분이 진작 어학 코스를 끝내고 학부나 석사 과정을 밟는 중이었다. 한식 주점에 둘러앉아 한 병에 십 유로가 넘는 소주를 몇 병이나 시키면서 토요일 저녁마다 어학원 기숙사 앞으로 자신들을 태우러 오던 나이트클럽 봉고차에 대해 추억하는 그들이, 수민의 눈엔 이미 성공한 사회인들처럼 보였다. 그곳에서 어학생은 수민과 정우 선배, 단둘뿐이었다. 간만에 소주나 실컷 마시자며 수민을 끌고 온 정우 선배는 어쩐지 시간이 지날수록 말수가 줄어들었다. 선배는 짜파게티를 끓여주겠다는 어학원 친구의 말 한마디에 수민을 끌고 아파트 팔층 계단을 꾸역꾸역 걸어올라갈 정도로 넉살 하나는 좋았는데 말이다.

"수민아, 우리집은 육층이라 진짜 다행이다."

생각보다 좁고 어두운 계단 통로에 겁먹은 수민을 안심시키던 은은한 부산식 억양. 그래서인지 그 술자리에서 정우 선배의 주눅든 모습이 오랫동안 수민의 마음에 남았다.

그 시절 수민 곁에는 늘 정우 선배가 있었다. 아침잠이 없는 수민이 하루를 시작할 즈음이면 그제야 잠잘 채비를 하며 밤새 마신 맥주병들을 부엌 쓰레기통 옆에 가만가만 내려놓던 정우 선배. 목소리도 동작도 크지만 발소리만큼은 깃털처럼 가볍던 정우 선배. 수민에게 뒤꿈치를 들고 걷지 않으면 아랫집 여자가 우릴 죽일지도 모른다고 겁을 주던 정우 선배. 늦잠을 자느라 어학원 수업에 빠지기 일쑤였지만 회당 오 유로짜리 사설 아틀리에로는 하루도 빠짐없이 출석 도장을 찍던 정우 선배.

이제 와 생각해보면 수민과 함께했던 그 시기가 선배에게는 유학 시절 중 가장 견디기 어려운 나날이었을 것이다. 산 정상의 마지막 고비에서 사람들은 가장 비관적이 되곤 하니까. 게다가 선배 노릇을 톡톡히 하고 있긴 했지만 겨우 스물네 살 아닌. 그 술자리로 돌아갈 수 있다면 정우 선배에게 값비싼 소주를 한 잔이라도 더 따라주었을 거라고 수민은 생각했다. 등을 다독이면서. 조금만 더 견디면 다음 해에 선배가 원하는 대학에 입학하게 될 거라고, 몇 년 뒤면 금의환향하듯 한국으로 돌아와 안국동에서 개인전도 열게 될 것이라고 귀띔하면서 말이다. 그러나 그때의 수민은 아무것도 몰랐기에 한 그루 나무라도 된 양 침묵을 지킬 따름이었다.

노래방으로 옮기고 자리가 한층 더 불편해진 수민이 일어날 기회를 엿보느라 주변을 훑어볼 때였다. 희고 마른 팔 하나가 수민 앞으로 쑥 뻗어나와 노래방 리모컨을 가져갔다. 술 대신 싸구려 오랑지나를 축내던 남자애였다. 지나치게 신중히 버튼을 누르는 탓에 자꾸 그의 길쭉한 손가락에 시선이 갔다. 인사만 간신히 했을 뿐인 상대였는데. 사실 그 자리에 있는 누구도 자신을 궁금해하지 않는다는 걸 수민은 알았다. 그곳에는 성취감과 기대감이 뒤섞인, 미래에 대한 확신과 자기도취에 빠진 거대하고도 과민한 자아들이 모여 있었고, 아직 아무것도 증명해내지 못한 수민에게 관심을 보일 이유는 없었으니까.

전주가 흘러나오자 소파에 몸을 파묻고 있던 그가 자세를 바르게 고쳐 앉았다. 마이크를 양손에 꼭 쥐고서 한없이 간절하게 보아의 〈어메이징 키스〉를 부르던 동갑내기 남자애. 그게 수찬이었다.

시간이 너무 많이 지났다. 수민은 요즘 자주 그런 생각을 했다. 너무 많은 시간이 흘렀다고. 빛나는 별과 우리의 영원을 노래하던 남자애는 어디로 갔을까?

스님이 될 거라는 그의 말은 진심이 아닐 확률이 높았다. 그는 늘 원하는 것을 에둘러 말하는 버릇이 있으니까. 한때 수민은 프로파일러가 된 심정으로 그가 소망하는 것을 추적하곤 했다. 하지만 지금은 내버려두었다. 지난 오년간의 결혼생활을 통해 말은 하는 것보다 안 하는 게 낫다는 걸 깨달았기 때문이다. 수민은 이제 식당에서 말없이 밥만 먹고 일어나는 중년 부부들을 이해할 수 있었다. 그건 사이가 나빠서가 아니었다. 관계를 유지하기 위한 눈물겨운 노력의 일환이지. 그래서 작년, 수찬이 목공일을 배워보겠다며 굳이 경기도 북부 외곽의 다 쓰러져가는 창고를 빌려 주말마다 그곳에서 먹고 자고 했을 때도 잠자코 있었다. 그런 태도가 문제였을까? 최근 들어선 아예 창고에서 출퇴근을 하기 시작했다.

수민은 수찬을 오랫동안 보아왔다. 그를 속속들이 안다고 할 순 없지만 알 만큼은 안다고 생각했다. 수찬은 노력에 비해 일이 잘 풀리는 축에 끼진 못했다. 능력에 비해 좋은 평가를 받아본 적도 없었다. 그는 늘 기대에 살짝 못 미치는 결과를 받아왔고, 정작 원하는 것을 얻었을 땐 너무 늦어 필요 없어지거나 더 큰 것을 원하고 있었다. 그러나 완전히 실망할 정도는 아니었기에 일을 관두지 않았을 뿐이라는 것을 수민은 잘 알았다. 뭐든 의미 없는 과정은 없다고, 포기하지 않고 버티다보면 노력이 복리로 돌아올 거라고 스스로를 다독였을 것이다. 수찬은 함께 유학 생활을 했던 이들이 종종 들려주는 놀라운 소식들, 해외에서 상을 받았다거나 회사를 차렸다거나 대학에 전임교수로 임용되었다거나 하는 이야기를 들을 때마다 그들과 자신의 처지를 비교하지 않기 위해 노력하면서, 저마다 삶의 속도와 방향이 다르다는 자기 계발서식 자위 방법을 통해 평정심을 유지하려 했을 것이다. 흔들리면 지는 거라고, 자신에게 주어진 작고 소박한 세계에서 진정한 행복을 찾으려고 애쓰면서 점차 쌓여가는 피로와 회의를 어떻게 해결해야 할지 몰라 주변을 두리번거렸을 수찬을, 수민은 이해했다. 그럴 수 있었던 건 수민의 처지도 크게 다르지 않아서였다. 문제는 그가 수민의 배우자라는 데에 있었다. 그리고 그 점은 아주 자주, 유대와 이해를 가로막는 장벽으로 기능했다.

수찬의 문자메시지 창을 닫은 수민은 다시 원서 파일로 눈을 돌렸다. 작업실에는 에어컨이 없었다. 몇 년 전 출판사를 관두고 프리랜서로 전환하면서 방 하나를 비워 작업실로 쓰는 중이었다. 에어컨이 있는 거실에서 일할 수도 있었지만 혼자 시원하자고 틀게 되진 않았다. 컴퓨터 화면에 뜬 빼곡한 문장들 사이로 'vacance'라는 단어가 눈에 띄었다. 휴가 혹은 휴식. 수민에게 단어의 어원을 찾는 버릇이 생긴 건 편집자가 되고 난 이후부터였다. 무언갈 바로잡기 위해서는 언제나 근거가 필요하다는 것을 편집 일을 하며 배웠다. 수민은 검색창에 단어를 입력했다. 바캉스의 어원은 vacare. 라틴어로 비어 있는 상태를 의미했다.

수민은 수찬의 부재를 떠올렸다. 그러니까 그애는 지금 휴가중인 거구나. 언제 끝날지 모르는 아주 긴 휴가. 수민이 충동적으로 비행기표를 예매한 건 그래서였다.

*

방파제를 벗어나자 성벽처럼 시 바깥을 에두른 관광호텔들이 보였다. 수민은 호텔 뒷길에 옹기종기 모여 있는 대형 마트와 횟집들, 전복죽과 옥돔구이를 파는 식당들을 지났다. 지도 앱을 따라 골목 안쪽으로 조금 더 들어가자 불쑥 너른 공터가 나타났다. 파라솔이 달린 야외 테이블에 앉은 사람들이 대낮부터 맥주를 마시고 있었다. 그 뒤로 낮은 건물 하나가 자리를 잡고 있었는데, 건물 중앙 벽에 래커로 그려진 가게의 트레이드마크가 눈에 띄었다. 건물은 일층 브루어리 외에도 아기자기한 소품숍들이 입점해 있었다. 건물 입구 주위가 트레이드마크를 배경 삼아 사진을 찍으려는 사람들로 북적였다. 립스틱이라도 바르고 나올걸. 하나같이 어리고 잘 꾸민 차림새라 수민은 배낭을 멘 간소한 옷차림이 의식됐다.

브루어리 맞은편에는 화분 몇 개와 함께 정원용품이 구비
돼 있었다. 간이 정원을 만드는 게 트렌드라지만, 아파트에
사는 수민과는 거리가 먼 것들이었다. 게다가 수민은 동물
이든 식물이든 직접 기른다고 생각하면 덜컥 겁부터 났다.

그때, 노래방에서 수찬이 어떤 표정을 하고 있었더라?
높은 음을 목이 터져라 부르던 그는 껑충한 키에도 불구하
고 아직 덜 자란 느낌이었다. 마이크를 두 손으로 꼭 쥐고
있어서인지 양어깨가 마치 종이를 접은 듯 가늘었다. 입고
있던 청바지가 유독 두껍고 질겨 보였던 것도 기억났다. 그
러면서도 목소리는 어딘가 울분에 차 있어, 전체적으로 불
균형한 성장의 한 장면을 목격하는 기분이었다. 나중에 그
때 왜 그렇게 마이크를 간절히 쥐고 있었냐고 묻자 수찬은
수줍게 답했다.

"네가 자꾸 쳐다보니까 목소리가 너무 떨리는 거야. 그
노랠 부르는 게 아니었는데."

그때, 수민 앞에서 한 마리 공작새가 된 심정으로 노래
를 불렀다던 수찬의 모습은 그를 구성하고 있는 그 어떤 요
소도 조화되지 않은, 불안정성의 집결체 같았다. 그건 수민
에게 너무나 익숙한 것이자 하루라도 빨리 벗어던지고 싶

은 것이지 매력적이라고 느낄 만한 것은 아니었다. 그래서 수찬이 스트라스부르에서 원예학을 공부하고 있다는 것을 알았을 땐 그가 조금 다르게 보였다. 잘 재단된 프랑스식 인공 정원이 그와는 도무지 어울리지가 않아서.

맥주는 달고 시원했다. 브루어리는 셀프로 운영되고 있었는데, 센서가 부착된 팔찌를 원하는 맥주 칸에 갖다댄 뒤 알아서 따라 마시는 방식이었다. 맥주의 이름과 향이 간략히 적힌 안내판엔 십 밀리당 가격이 표기되어 있었다. 남은 자리가 사 인석 테이블 하나뿐이라 조금 망설여졌었지만 맥주를 들이켜는 순간, 뻔뻔하게 자리를 차지하길 잘했다는 생각이 들었다. 오래 땡볕에서 걸었고 바다를 보는 것도 실패했으니 이 정도 이기심은 부려도 되지 않나 싶었다. 수민은 첫잔을 빠르게 비운 뒤 가장 도수가 높은 에일맥주를 목표로 자리에서 일어났다. 공항에 도착할 즈음이면 술이 깨겠거니 싶었다. 술이 들어가니 비로소 마음이 느슨해졌다.

묵직한 파인트 글라스를 들고 돌아왔을 때, 젊은 남녀 한 쌍이 수민을 향해 쭈뼛거리며 다가왔다. 둘 중 여자가 머뭇머뭇 입을 열었다.

"저…… 빈자리가 없어서 그러는데요. 혹시 옆에 좀 앉아도 될까요?"

혼자 오신 것 같아 실례를 무릅쓰고 여쭙는다는 공손한 부탁에 수민은 당황했다. 너무 당황한 나머지 고개를 끄덕이고 말았다. 합석이라니. 요즘 애들도 합석이라는 걸 하는구나 싶어서.

"이거, 감사해서요."

키득대며 안주를 고르고 술을 가져오느라 부산스럽던 남자가 수민 앞에 성냥갑 크기의 상자 두 개를 내려놓았다. 소포장된 볶은 메밀이었다. 수민도 홀 한쪽에 마련된 기념품 매대에서 본 것 같았다. 수민은 고맙다고 말한 뒤 덧붙였다.

"어디서 오셨어요?"

"저희 울산에서요."

둘은 한눈에도 연인 같았다. 몇 살일까? 요즘은 겉모습으론 나이를 알기 어려웠다. 특히 이십대는 다 거기서 거기로 보였다. 둘은 맥주잔을 든 상대방을 다양한 각도에서 찍느라 엉덩이를 들썩들썩했다. 아마 무척 어릴 거라고, 어쩌면 수찬과 첫 데이트를 했을 때보다, 혹은 어학연수 비용을 모으느라 수업을 마치자마자 아르바이트를 하러 달려가던 시절보다 더 어릴지도 모르겠다고 생각했다.

귀국을 두 달여 앞둔 늦가을, 수민은 수찬과 파리의 수목원에서 데이트를 했다. 서울에 첫눈이 내렸다는 소식이 들려왔지만 파리는 거의 매일 비가 내렸다. 지긋지긋한 날씨라고, 코트는 습기를 먹어 점점 더 무거워지고 석회수와 어학원 선생의 등쌀에 머리숱이 절반으로 줄어든 것 같다고, 이런 칙칙한 곳에 있을 만큼 있었으니 그만 돌아가고 싶다는 생각이 아침에 눈을 떠서 자기 직전까지 떠나지 않던 때였다.

수목원에 도착하자 수찬은 꽃이 모두 진 수련 연못 앞으로 수민을 데려갔다. 메마른 꽃대만이 구부러진 철사처럼 군데군데 남아 폐허처럼 보이는 얕고 더러운 물을 가리키며 그가 말했다.

"어제도 저걸 치웠어."

"뭘?"

수민이 묻자 수찬이 대답했다.

"'부' 말이야. 요즘은 매일매일 학교 정원에서 부를 치워."

수찬은 저걸 다 걷어내면 그때부터 정원의 겨울이 시작된다고 했다. 저 아래엔 죽은 잎들과 나중에 무엇이 될지 모르는 씨앗들과 작은 복족류들이 가득차 있다고도.

수민의 뻣뻣한 모직 코트의 소매를 슬쩍 잡았다 놓은 수찬이 속삭이듯 말했다.

"내가 작은 민달팽이 보여줄까?"

그때 자신이 뭐라고 대답했는지는 기억나지 않았지만 수민은 나중에, 그 시시한 데이트를 끝으로 수찬과 친구로 남기로 한 뒤 대학을 졸업하고 취직한 어느 출판사 책장에 꽂혀 있던 식물에 관한 에세이에서, 그가 매일 치웠다던 그 것을 한국어로 '오니'라고 부른다는 걸 알게 되었다. 더러운, 그러나 가능성으로 가득찬 진흙더미.

수민은 이제 자신에게 '가능성'이라는 단어가 아름답게만 작동하지 않는다는 걸 알았다. 그 단어는 다른 사람들, 예를 들면 옆자리에 앉은 풋풋한 커플이나 그보다 어린 사람들의 것일 때만 좋아 보였다. 특히 결혼 후 그 말이 수찬의 입에서 튀어나올 땐 늘 싸움으로 번졌다. 어떤 때는 '현실'이나 '인내' '책임' 같은 단어로 수찬의 입을 틀어막아버리고 싶기도 했다. 하지만 정말 그럴까? 자신에게 가능성이란 이제 유효하지 않은 단어일까?

문득 수민은 자신을 의자로부터 끌어내는 어떤 힘을 느꼈다. 너무나 부드러워 이것을 힘이라고 불러야 할지 혼란스러울 정도로 미약한, 그러나 자리에서 벗어나지 않고서는 견디기 어려울 정도로 분명한 완력을. 그건 수민이 태어나 처음 경험하는 종류의 감각이었다. 아직 무엇이라 정의 내릴 수 없는, 그러나 명백히 추락에 가까운 감각.

수민은 자리에서 일어났다. 절반 정도 남은 맥주잔을 반납대에 올려두었다. 가게문을 열자 잠시 잊고 있었던 강한 열기가 훅 끼쳤다. 수민은 택시 호출 앱을 켰다. 이제, 정말로 돌아가야 할 시간이었다.

거 리
두
기

수민이 학원에 가려면 지하철을 두 번이나 갈아타야 했다. 게다가 집에서 가장 가까운 지하철역까지는 마을버스로 십 분가량이 걸렸다. 이동하는 시간보다 차를 기다리는 시간이 더 긴데다 세 번이나 환승하는 것이 번거로워진 수민은 엊그제부터 삼십 분 일찍 집을 나서서 지하철역까지 걸어갔다. 한파주의보가 내릴 정도로 추운 날씨였지만 몸을 움직이고 있다는 느낌이 좋아서 견딜 만했다. 점퍼 양쪽 주머니에 넣어둔 손난로를 쥐고 걸으면 좀더 힘이 났다. 지칠 땐 주먹을 꽉 쥐고 걸어보라던 어릴 적 아빠의 충고가 도움이 됐다. 매일 아침 텀블러에 뜨거운 커피를 가득 채워 집을 나설 때면 오랫동안 잊고 있던 출퇴근의 감각을 되찾은 기분이 들기도 했다.

수민은 얼마 전부터 새로운 일을 배우고 있었다. 의아해할 주변 사람들을 위해 상식적인 답변도 마련해놓았다. 고용의 불안정성, 피로 누적, 출판계의 암울한 전망 등등. 물론 준비된 대답을 곧이곧대로 믿는 것 같진 않았다. 두 달 전 수찬과 별거에 들어간 이후 줄곧 두문불출했던 수민이 그저 뭐라도 하러 밖으로 나간다는 데에 의미를 두는 반응이었지.

스님이 되겠다던 수찬은 얼마 지나지 않아 이혼을 요구했다. 이혼이 출가의 첫걸음이라나. 수민은 취미 입문서의 소제목으로나 쓰일 법한 그 표현에 코웃음을 쳤다. 뭐라고 했더라. 템플스테이나 며칠 다녀오라고 했던가. 지금도 절반은 속세를 떠난 것이나 다름없지 않느냐고 비아냥거렸던가. 수민은 자신이 뭐라 반응했는지는 잘 기억나지 않았지만 수찬의 단호한 태도만은 여전히 생생했다.

"수민아, 나 진지해."

진지함. 평소 늘 그에게 바랐던 진지함을, 수민은 결별을 통보받는 순간에서야 비로소 발견할 수 있었다.

수민은 떠들썩한 연말을 홀로 보냈다. 이름 모를 아이돌들이 수십 팀씩 나오는 음악 프로그램을 틀어놓고 깜박 잠들었다 깼을 때 새해 카운트다운이 막 끝난 뒤였다. 파장 분위기의 파티에 뒤늦게 도착한 사람처럼, 수민은 송구영신을 축하하며 손을 흔드는 연예인들에게서 눈을 떼지 못했다.

그런 수민이 TV를 끈 건 사이렌소리 때문이었다. 멀찍이서 들려오던 사이렌소리가 점점 커지더니 아파트 단지가 떠나갈 듯 울려퍼졌다. 발코니로 나가 주위를 살폈지만 구급차도 경광등 불빛도 보이지 않았다. 이 단지는 아닌 모양이지. 수민은 괜히 심란한 마음이 들어 발코니 앞을 서성였다. 소리가 잦아들다 완전히 멀어질 때까지 어두운 바깥을 오래 응시했다.


지금 생각해보면 아무렇지도 않았는데.

수민의 사정을 아는 소수의 사람들은 잊을 만하면 전화를 걸어와 이런 때일수록 바깥공기도 쐬고 사람도 만나야 한다고 채근했다. 대학 동기 하나는 대뜸 몽골로 출사 여행을 가자며 팔에 커다란 매를 얹은 헐벗은 남자 사진을 보내오기도 했다. 추워 죽겠는데 어딜 나가. 수민은 퉁명스레 대답하면서도 그들이 무엇을 걱정하는지 잘 알았다. 집에 홀로 남아 불화의 순간을 곱씹고 자신을 학대하고 세상을 원망하다가 자아가 비뚤어진 채 고독하게 늙어가는 것.

정말 아무렇지도 않은데. 수민은 자신의 의연함을 증명하고 싶다가도 한순간에 모든 게 부질없이 느껴지곤 했다.

수민은 엄마의 전화도 드문드문 받았다. 수민이 전화를 받지 않을 때면 엄마는 절 마당에 주렁주렁 달린 소원등 사진을 보내왔다. 사진 밑에는 '수찬이와화해소망' '딸보란듯이이겨내자' 따위의 띄어쓰기 안 된 문장들이 따라붙었다.

주변의 오지랖과 상관없이 수민은 인내심 있게 일상을 이어나갔다. 그렇게 해가 바뀌는 사이, 꼭두새벽부터 '내 의로운 오른팔로 너를 붙들어주리라' 같은 성경 구절과 함께 교회 전도 메시지를 보내오는 이모에게도 적당히 장단을 맞춰줄 수 있게 되었다. 그럴 수도 있지. 그렇게 생각하면 이해 못 할 것도 없었다. 그렇게 생각하지 않으면 세상에 이해할 수 없는 일들이 너무 많았다.

당연하게도 수민을 붙들어준 건 주님의 오른팔도 엄마의 소원등도 아니었다. 수민의 일상을 지탱해준 것은 각종 요금 고지서와 카드 명세서, 그리고 시도 때도 없이 날아오는 업무 메일들이었다. 그 시기는 프리랜서 편집자라는 직업이 갖는 거의 유일한 장점인 원격 업무의 특혜를 원 없이 누린 때이기도 했다. 메일엔 출판사의 출간 일정, 수민의 미정산 편집비 문의에 대한 답변, 매 교정마다 따라붙는 마감 기한이 적혀 있었다. 세상은 개인의 실패 따위에 아랑곳하지 않고 굴러간다는 자명한 사실. 그런 자각이 아침마다 수민을 책상 앞으로 이끌었다.

학원은 닭갈빗집과 토익 학원 사이에 있었다. 골목에 빼곡히 들어찬 가게 대부분이 밤 장사를 하는 술집인 탓에 아침은 늘 한산했다. 드문드문 자리잡은 식당 몇 개만이 이른 점심 장사를 준비하느라 분주해 보였다. 가게명이 인쇄된 앞치마를 두르고 문 앞을 들락날락하거나 얼어붙은 토사물에 뜨거운 물을 부어 녹이는 사람들 곁으로 식자재를 실은 오토바이가 지나갔다. 수민은 담배를 피우는 직장인 무리를 피해 골목 가장자리로 걸었다.

엘리베이터 없는 오층짜리 낡은 건물의 삼층으로 올라가면 위쪽에 작은 나무 간판이 달린 학원 철문이 나왔다. 이십여 년 전 개원한 이래 줄곧 자리를 지켰다고 원장은 말했지만 정작 문이 늘 굳게 닫혀 있어 처음 온 사람에게는 휴원이나 폐업을 한 것처럼 여겨졌다. 수민도 예외는 아니어서 완강해 보이는 철문 앞에서 한동안 망설이다 문손잡이를 잡았던 기억이 있었다. 그러나 겉보기와는 달리 문은 한순간도 잠긴 적이 없다는 걸, 지금은 알았다.

월요일부터 금요일까지, 수민이 매일 오전 이곳에 드나든 지 이 주째였다.

*

원장을 처음 본 건 유튜브 동영상을 통해서였다. 작업중인 원고에 등장하는 전문용어의 쓰임을 확인하기 위해 자료를 찾다가 알고리즘에 걸려든 거였다. 동영상 속 원장은 손가락 두 마디만한 나뭇조각을 이리저리 매만지며 '액션'이나 '기능' '작동'이라는 표현을 썼다. 그 앞에는 외장을 모두 제거해 골조가 훤히 들여다보이는 피아노 한 대가 놓여 있었다. 원장이 피아노에서 작은 나뭇조각을 드라이버로 뗐다 붙였다 하며 설명을 이어가는 동안 맞은편에 앉은 수강생들은 쉼없이 그 내용을 받아 적었다.

수민이 보기에 그 광경은 해부학 강의 풍경을 묘사한 17세기 네덜란드 화가의 그림처럼 고전적인 데가 있었다. 아마 화질이 깨끗하지 않아서 더 그래 보였을 거다. 동영상이 업로드된 때는 팔 년 전. 수민은 포털 사이트에서 학원 이름을 검색해보았다. 조악하지만 자체 홈페이지가 있었다. 수민은 그곳에서 원장이 여성 잡지와 한 인터뷰 기사를 볼 수 있었다. 인터뷰의 마무리로 원장은 '피아노 조율사는 정년이 없고 시간 운용이 자유로워 재취업을 고민하는 주부들에게 더할 나위 없는 직업'이라고 말했다.

그리고 수민은 어느 겨울 수찬과 나눈 대화를 떠올렸다. TV에선 부에노스아이레스에서 열리는 송년 음악회가 중계 방송되던 밤, 둘은 막걸리에 김치전을 부쳐 먹고 있었다. 피아니스트의 손가락을 클로즈업하던 카메라가 오케스트라와 민소매 드레스를 입은 청중을 차례로 비췄다. 한여름 밤의 부드러운 어둠에 둘러싸인 노천극장으로 슈만의 피아노협주곡이 퍼져나갔다.

"낭만적이다."

작게 읊조린 수찬이 젓가락으로 김치전을 크게 반으로 가르며 덧붙였다.

"우리 수민이가 은근 취향이 고상해."

전 조각이 수찬의 입으로 들어가는 동안 잘게 썬 오징어가 접시로 후드득 떨어졌다. 결혼 이 년 차에 접어든 수민은 이제 그의 어설픈 젓가락질을 못 본 척할 수 있게 되었다.

수민이 말했다.

"어릴 때 배우다 말아서 그런가봐. 피아노를 한 삼 년 쳤거든."

"그런 대단한 일을 지금 말하면 어떡해? 근데 왜 그만뒀어?"

"내가 자꾸 애들을 울려서 엄마가 학원에 불려갔어. 중학교 들어갈 때이기도 했고…… 겸사겸사."

이야기를 듣던 수찬의 미간이 확 구겨졌다.

"때렸어?"

"아니, 가서 뭐라고 그랬어. 왜 자꾸 틀리게 치냐고. 너 지금 음정 틀린 거 안 들리냐고."

그날을 떠올리던 수민은 문득 생각했다. 틀린 걸 고치는 게 자신의 일이라면, 그게 피아노라면 어떨까, 하고. 그러니까 만질 수 있는 것을 손으로 만져서 고치는 기분은 어떤 걸까, 하고.


스위치를 올리자 어둠에 잠긴 내부가 일시에 밝아졌다. 밤사이 갇혀 있던 먼지 냄새가 훅 끼쳤다. 입구의 원장실을 지나면 하루 두 번 이론 수업을 진행하는 작은 홀이 나왔다. 반원 모양으로 놓인 열 개 남짓한 접이식 의자 맞은편엔 작업대와 칠판이, 그 옆엔 외장을 떼어낸 그랜드피아노가 놓여 있었다. 홀을 지나고부턴 조율 실습실들이 이어졌다. 피아노 한 대와 사람 두 명이 간신히 들어가는 작은 방

여덟 개가 긴 통로를 사이에 두고 마주보고 있었다. 수민은 주로 가장 안쪽 실습실을 썼다.

처음 실습실에 들어섰을 때, 수민의 눈에 가장 먼저 들어온 건 피아노 위에 놓인 노란색 소형 선풍기였다. 원장의 무심한 학원 운영의 결과일 뿐인 한겨울의 선풍기가 수민에겐 어쩐지 현실에서 자유로워졌음을 알리는 은밀한 이정표처럼 느껴졌다. 선풍기 옆 벽에는 '피아노 위 음료 금지'라고 인쇄된 A4용지가 너덜거린 채 붙어 있었다. 수민은 패딩 점퍼를 벗어 피아노 의자 위에 돌돌 말아놓았다.

공구는 원장실에 있었다. 원장실은 따로 잠금장치가 달려 있지 않았는데, 어떤 문도 잠그지 않는 것이 이 학원의 규칙인 것 같았다. 캐비닛을 열자 층층이 쌓인 수십 개의 파우치가 나타났다. 그중에 수민의 것도 있었다. 실습을 시작하면서 삼십만원에 구입한 조율 공구 세트였다. 그 안에는 튜닝 해머와 고무 웨지, 펜치와 특수 드라이버 등 조율에 필요한 각종 도구들이 들어차 있었는데, 수민이 실제로 사용하는 건 두어 가지 정도에 불과했다. 그래서 자신의 이름표가 달린 두툼한 파우치를 꺼낼 때마다 수민은 어쩔 수 없이 쑥스러운 기분이 들었다.

이론 수업까지는 한 시간가량이 남아 있었다. 원장은 대체로 수업시간보다 삼사십 분 일찍 출근했지만 무언가를 물어보려고 하면 사라지고 없었고, 어느 틈엔가 나타나 원장실에서 라디오를 듣거나 양치질을 하고 있었다. 그러다 불쑥 연습실로 들어와 조율된 건반을 눌러보며 진도를 체크했다. 수강생들은 원하는 때에, 원하는 만큼 연습하고 돌아갔다.

수민은 얼마 전부터 이론 수업과 함께 기초적인 조율 실습을 병행하고 있었다.

피아노 건반의 안쪽 끝에는 양모를 뭉쳐 만든 작은 망치 모양의 해머가 달려 있다. 건반을 누르면 이 해머가 현을 때려 소리를 내는 원리다. 보통 해머 하나가 해당 건반을 담당하는 현들을 때리는데, 현의 개수는 두 가닥 혹은 세 가닥이다. 그건 곧 그 현들의 상태가 같아야 균일한 소리가 난다는 뜻이다. 강철로 된 현들은 처음엔 조율 핀에 단단히 잠겨 있지만 온도와 습도에 영향을 받아 쉽게 느슨해진다. 소리는 현이 팽팽할수록 높아지고 느슨할수록 낮아지는데, 그래서 어떤 피아노든 시간이 지나면 자연스레 음정이 떨어지고 울림이 지저분해지기 마련이다.

원장은 음정을 조율하기에 앞서 장력을 조절하는 감각

을 익히는 게 먼저라고 했다. 튜닝 해머로 조율 핀을 풀거나 조여 같은 짝인 현들의 장력을 동일하게 맞추는 것. 그러나 단순한 설명과 달리 귀와 손끝의 감각만으로 정확한 타이밍을 찾는 일은 생각보다 어려웠다. 여러 사람의 손을 탄 탓인지 튜닝 해머로 아무리 핀을 조여도 금방 풀어지기 일쑤였다. 반복해서 듣다보니 소리가 높아지는 중인지 낮아지고 있는 것인지도 분간이 되지 않았다. 어긋난 걸 찾아 주변과 어울리는 방식으로 고치는 건 수민이 늘 해온 일이었는데, 아무리 현을 들여다봐도 답이 나오질 않았다. 며칠 전엔 원장이 불쑥 방으로 들어와 핀잔을 주기도 했다.

"그렇게 뚫어져라 바라만 보고 있으면 소리가 들리겠습니까? 울림은 멀찍이 떨어져 있어야 잘 들리는 법입니다."

멀리 있어야 잘 들린다는 말이 마음에 남은 수민은 어제 수찬에게도 그 이야기를 들려주었다. 그와는 두 달 만의 전화통화였다.

조율 학원에 다니기 시작했다는 수민의 말에 수찬이 엉뚱한 소릴 했다.

"넌 그보단 판사가 딱인데. 막 단죄하고 처단하고 그런 거."

"그게 무슨 소리야?"

"날 심판하느라 내 전화 안 받은 거잖아. 네가 비밀번호 바꿔서 난 집에도 못 들어가고."

별거를 결정한 건 수민이 그의 이혼 요구를 받아들이지 못했기 때문이었다. 더 정확히는 자신이 왜 이혼을 당해야 하는지를 말이다. 그런 수민 앞에서 수찬은 출가의 지난한 과정들, 이를테면 최대 일 년이 걸리는 행자 기간을 거쳐야 예비 승려가 되는데, 그러고서도 사 년이나 걸리는 불가 교육 과정을 거쳐야만 정식 승려가 되는 승가고시를 치를 자격이 주어진다는 것, 그리고 그 모든 것을 시작하려면 기혼자의 경우 이혼을 하고도 육 개월이 지나야 한다는 전혀 흥미롭지 않은 정보들을 진지하게 늘어놓았다. 지난 오 년간 자신이 보인 인내와 성실, 책임감의 대가가 겨우 이런 거라니. 수민에겐 시간이 필요했다. 화를 가라앉힐 시간.

그러나 이제 와 그런 말은 하고 싶지 않았다. 수찬의 저 황당한 결정 뒤에 진짜 이유가 있을 거라고 생각했지만, 자신이 어떻게 생각하든 이 관계에서 바뀌는 건 아무것도 없다는 걸 깨달았으니까.

"그건 안타깝게 생각해."

"너 그 집 삼분의 이는 내 건 거 알지?"

"알았다니까…… 필요할 때 와. 나 이제 외출할 일 많아."

수민이 원장 이야길 꺼낸 건 투덜대던 수찬이 갑자기 입을 다물어버렸기 때문이었다. 어쩌면 그런 일에도 자신은 아랑곳없이 잘 지낸다는 걸 그에게 알려주고 싶었던 건지도 몰랐다.

"맨날 원고만 들여다봤더니 소리도 눈으로 보려고 하더라."

수민이 소리에 집중하다보면 금방 목뒤가 뜨끈해진다고 말을 잇자 내내 듣기만 하던 그가 입을 열었다.

"수민아, 너무 애쓰지 마."

수민은 예상치 못한 반응에 말문이 막혔다. 이런 게 불교식 대처인가?

"수민아."

"알았으니까 내 이름 좀 그만 불러."

통화가 종료된 휴대폰 액정을 가만히 보던 수민은 뒤이어 사전 앱을 켰다. 애쓰다. 마음과 힘을 다하여 무엇을 이루려고 힘쓰다. 아무래도 수찬은 단어의 뜻을 잘못 알고 있는 것 같았다. 수민은 요즘 어느 것에도 애를 쓴 적이 없었다. 수민이 오랜 시간 유일하게 이루려고 노력한 것은 수찬과의 관계뿐이었다.

옥타브 하나를 손본 수민이 아리송한 표정으로 건반을 눌러보고 있을 때, 원장이 출근했는지 멀찍이서 히터 트는 소리가 들렸다. 얼마 지나지 않아 옆방에서 누군가 피아노 위에 파우치를 내려놓는 소리가, 이내 규칙적이고 반복적으로 건반을 두드려 내는 음이 학원을 채우기 시작했다.

*

재작년이었나. 여름 초입인데도 한낮의 기온이 삼십 도까지 오르던 어느 주말, 수민은 수찬과 차를 몰고 핫도그를 먹으러 양평에 갔었다.

"핫도그 하나에 사십 분이나 차를 타고 갈 가치가 있을까?"

조수석에 앉은 수민의 물음에 수찬은 당연하다는 듯 고개를 끄덕였다.

"잊을 수 없는 맛이래."

차가 팔당대교에 이르자 시야가 넓게 트였다. 어느덧 녹음이 완연했다. 그에 반해 강물은 잔잔하고 색이 연해 아름다웠다.

길게 이어진 주차장에는 차들이 빼곡히 들어차 있었다.

수찬은 이십여 분을 기다려 가까스로 주차에 성공했다. 주
차장 한쪽에 놓인 판매대에는 주말농장에서 길렀다는 상추
와 들쑥날쑥 자란 오이 따위가 주인 없이 돈통과 함께 깔려
있었다. 한 봉지에 이천원. 수민은 판매대에 눈길을 주다가
앞서가는 수찬을 큰 보폭으로 따라잡았다. 개를 데리고 나
온 가족들, 연인들, 반바지에 슬리퍼를 끌고 나온 청년 무
리, 그리고 수민과 수찬이 모두 한 방향으로 걸었다.

핫도그 가게는 겉보기에도 조악하기 이를 데 없었다. 가
게 입구에 쳐진 비닐 천막 곳곳이 찢긴 채 바람에 펄럭였
다. 천막 지지대가 사선으로 기울어져 있어 금방이라도 쓰
러질 것 같았지만 누구도 신경쓰지 않았다. 너덜거리는 천
막을 헤치고 들어가 핫도그를 이십 개씩 포장해가는 사람
도 있었다. 귀밑머리에 땀이 맺힌 아이들이 줄 선 사람들
주위를 지그재그로 뛰어다녔다. 모래 먼지가 풀풀 날리는
데도 사람들의 표정은 밝기만 했다. 수민이 핫도그 색이 어
두운 건 반죽에 연잎이 들어가기 때문이라는 안내 문구를
읽고 있을 때, 수찬이 어깨를 툭툭 쳤다.

"뒤돌아봐."

뒤를 돌자 그곳에 커다란 느티나무와 강이 있었다. 완만

한 산 너머로 새 무리가 빠르게 날아갔다. 남한강과 북한강이 만나는 곳이라는 의미에서 붙여진 지명의 유래를, 수민은 이곳으로 오는 차 안에서 검색해 알고 있었다. 눈으론 두 물이 구분되지 않는데도 사람들은 강을 배경으로 기념사진을 찍었다.

나란히 핫도그를 받아든 수민과 수찬은 행렬을 따라 좁은 연밭 사이에 난 산책로를 걸었다. 핫도그의 맛은 별다를 것 없었다. 연잎이 들어갔다는데, 그보다는 카레향이 더 강했다.

"이 정도면 그냥 카레핫도그라고 불러야 하는 거 아닐까?"

수민이 퉁명스레 말하자, 핫도그를 입에 욱여넣던 수찬이 불쑥 딴 얘기를 꺼냈다.

"자양동에서 자꾸 항의가 들어와."

"네가 담당하는 아파트 말하는 거야?"

서울 근교의 사설 동물원에 딸린 수목원에 다니던 수찬은 그즈음 선배에게 소개받은 조경회사로 직장을 옮긴 상태였다. 수목원이 재정난을 이유로 인원 감축을 결정했기 때문이었다. 이직 후 수찬은 야근이 늘고 아침에 일어나는 걸 유독 힘들어했다. 회사가 집에서 더 멀어져서 그런가.

새벽에 화장실에 갔다 온다며 침실을 나가선 거실 소파에서 잠을 자기도 했다.

"얼마 전에 참나리가 개화했는데, 거기 사는 애들이 무서워한다는 거야. 꽃잎에 점이 박힌 게 징그럽다고 근처만 가면 자꾸 운대."

수민이 검색 사이트에 참나리를 쳐 넣고 있을 때 수찬이 말을 이었다.

"그냥 트집잡으려는 거야. 수목원에서 아이들한테 가장 인기 있던 곳이 어딘 줄 알아? 아열대 식물관이야. 애들이 호피무늬 꽃을 무서워할 리가 없어."

수찬은 그런 한편 입주민들이 몰래 꽃을 훔쳐가는 일도 많아 골치가 아프다고 했다. 튤립을 뿌리째 뽑아가거나 채 여물지 않은 수국의 대가리를 댕강 잘라간다고도 했다. 그러면 누군가가 꽃이 있어야 할 자리가 비어 있다는 이유로 또다시 항의를 한다고 했다. 피 같은 관리비가 딴 주머니로 새는 거 아니냐며, 이딴 부실 업체는 세무조사로 쓴맛을 봐야 한다는 글로 아파트 커뮤니티 게시판을 도배한다고도 했다. 그래서 엊그제 'CCTV 촬영중'이라고 적은 팻말을 화단 앞에 걸어두었노라고 말을 잇는 수찬의 양볼에는 설탕이 잔뜩 묻어 있었다.

"진짜 CCTV를 달았어?"

수민의 물음에 수찬이 쓰게 웃었다.

"그럴 리가 있겠어? 한국은 다 이런 식이야."

둘은 곧 가게 앞마당으로 돌아왔다. 작은 바위 하나에 엉덩이를 붙이고 앉아 사이좋게 핫도그를 베어 무는 연인들, 다 먹은 막대를 잘근잘근 씹거나 쓰레기통을 찾아 두리번거리는 사람들, 물티슈로 아이의 입 주변을 닦는 부모들이 수민의 시야에 들어왔다. 수민은 사방이 똑같은 핫도그를 입에 문 사람들로 가득하다는 사실이, 그리고 자신들도 그들 중 하나라는 게 문득 낯설게 느껴졌다. 그러면서도 그 가벼운 소속감이 싫지 않았는데.

*

"오늘 눈 올 것 같지 않아요?"

옆자리 남자가 말을 걸어온 건 처음이었다. 이론 수업 직전에야 학원에 도착한 수민이 서둘러 교재를 꺼내들었을 때였다. 수민은 아침에 갑자기 온수가 나오지 않아 애를 먹었다. 관리실에 전화를 걸자 개별난방이니 업체에 직접 문의하라는 답변을 받았다. 서비스 센터 연결에도 시간이 한

참 걸렸다. 온도조절기에 뜬 오류 코드를 더듬더듬 읊으며 보일러실과 화장실을 분주히 오갔다. 오 년 전 이 아파트로 이사온 이래 수민이 한 번도 한 적 없던 일이었다. 집 관리는 온전히 수찬의 몫이었다. 하다못해 TV 리모컨 건전지를 갈아끼우는 일도 전부 수찬이 해왔으니까. 오후엔 신선생과 약속이 있었다. 신선생과 일 년 만에 만나는 자리이자 수민의 올해 첫 나들이였다. 수민은 할 수 없이 찬물로 머리를 감았다. 물이 너무 차가워 관자놀이가 부서질 것 같았다. 어디서 '쩡' 하고 얼음 깨지는 소리가 들렸다.

조율 이론 수업을 듣는 수강생의 연령대는 중학생에서부터 오십대가량의 중년에 이르기까지 다양했다. 학원을 다니는 이유도 제각각이었다. 은퇴를 대비하려고, 재취업을 위해, 독일로의 조기유학을 목표로. 원장은 수업시간에 직업 전망에 대해 긍정적으로 어필하곤 했지만 그 말이 언제까지나 먹히는 건 아닌 모양이었다.

"막차라더라고요."

수민은 수업 전 다른 수강생들끼리 나누는 대화를 들은 적이 있었다. 가정용 피아노 보급이 예전 같지 않아 조율 의뢰 건수 자체가 낮아졌다는 요지였다. 중고 피아노의 매입과 판매에 적극적으로 나서야 그나마 수입을 메울 수 있다고도 했다. 영업은 융통성도 숫기도 없는 수민이 가장 자신 없어하는 일이었다. 자신 없는 일은 또 있었다. 이론 수업을 시작한 지 일주일쯤 지났을 때 원장은 음의 진동수를 파악하는 수식을 가르치기 시작했다. 공학용 계산기까지 등장하자 수학에 약한 수민이 작게 한숨을 쉬었다. 그러다 문득 옆자리 남자와 눈이 마주쳤는데, 그가 마찬가지라는 듯 슬쩍 웃어 보였다. 그뒤로 오가며 눈인사를 주고받게 되었지만 그뿐, 남자는 이론 수업이 끝나면 가장 먼저 학원을 빠져나가곤 했다.

그런 그가 은근한 기대감이 느껴지는 목소리로 눈이 올 것 같다고 말했을 때, 수민은 단단한 쌀알이 물과 열기를 머금고 부드럽게 부풀어오르듯 가슴 한구석이 울렁이는 기분을 느꼈다. 그것은 기쁨이나 설렘과는 다른, 기대감도 그리움도 아닌 무언가였다.


이론 수업이 끝나고 조율 실습 때 수민이 현을 끊어버린 것은 설명하기 어려운 그 기분에 대해 생각하느라 집중력이 흐트러졌기 때문인지도 몰랐다. 튜닝 해머로 핀을 아무리 조여도 음이 맞지 않는 것이 의아하게 느껴질 즈음, 끝없이 늘어나는 철선의 유연함이 그저 놀랍게만 여겨지던

기이한 낙관의 순간에, 현은 굉음을 내며 보란듯이 끊어져 버렸다.

그렇게 굵고 단단했던 줄이.

수민은 자신이 현을 끊어버렸다는 사실보다 굉음에 더욱 놀랐다. 장력이 칠십 킬로그램에 이르는 철선이 한계에 이르러 끊어지는 소리에는 조는 아이의 등짝을 후려갈기는 듯한 단호한 폭력성이 깃들어 있었다.

소리를 들은 원장이 재빠르게 연습실로 달려왔다.

"아이고, 저런!"

원장은 막 잠에서 깨어난 사람처럼 눈을 깜박이는 수민을 '다들 한 번쯤은 그런다'는 말로 다독였다. 멀리서 누군가가 "축하합니다!"라고 능청스레 외치는 소리도 들렸다. 몇몇 수강생이 수민의 연습실을 힐끗대며 지나쳤다. 원장은 이왕 줄이 끊어진 김에 현 감기 연습이나 하자며 새 철선을 가지러 나갔다. 그제야 튜닝 해머를 의자 위에 내려놓은 수민이 주먹을 느리게 쥐었다 폈다 했다.

*

신선생과 만나기로 한 곳은 충무로에 위치한 갤러리였

다. 다닥다닥 붙어 있던 작은 가옥 여러 채를 허물어 만든 곳으로, 집의 외벽 일부와 조금씩 높이가 다른 가옥의 지대를 그대로 활용한 탓에 주변의 주택들과 구분이 잘 되지 않았다. 갤러리에 도착했다는 지도 앱의 안내에도 불구하고 수민은 도무지 입구를 찾을 수가 없었다. 갤러리에 가는 듯 보이는 무리의 뒤를 따라갔다가 엉뚱한 길을 오르기도 했다. 수민이 골목 사이로 뜬금없이 시작되는 계단과 정체 모를 작은 철문을 들어갔다 나왔다 하면서 길을 헤매는 동안, 미리 도착해 있던 신선생에게서 전화가 왔다.

"수민씨가 길치인 걸 깜박했네."

수민을 데리러 큰길까지 다시 내려온 신선생은 특유의 뚱한 표정을 짓고 있었다.

신선생을 알게 된 건 수민이 아직 출판사에 다니고 있을 때로, 신선생은 수민이 책임편집을 맡은 원고의 번역자였다. 책 내용보다는 신선생이 '역자 후기'를 쓰지 않겠다고 버티는 바람에 골머리를 앓았던 게 더 인상 깊게 남아 있었다. 다행히 수민이 같은 대학의 까마득한 과 후배라는 걸 알게 된 이후로는 태도가 달라져서 둘은 어느새 일 년에 한두 번씩 만나 맥주를 마시는 사이가 되어 있었다.

'상상 정원'이라는 타이틀이 붙은 전시회는 이름 그대로 정원이 테마였지만, 갤러리 어디에도 정원이라고 할 만한 공간은 존재하지 않았다. 대신 정원을 대리 체험할 수 있는 것들, 그러니까 정원용품이나 정원 설계도, 이름난 디자이너가 제작한 정원의 도록과 영상이 그 자리를 차지했다.

  둘은 느슨하게 전시회를 관람하며 서로의 근황을 전했다. 신선생은 얼마 전 받은 건강검진 결과에 불평을 늘어놓았다. 전당뇨 진단을 받았는데, 의사가 식단을 원인으로 지목한 모양이었다. 신선생이 십여 년째 절편 두 조각과 맥주 큰 캔 하나를 저녁식사로 삼고 있다는 건 오래전에 들어 알고 있었다. 떡과 술은 긴 근로시간과 저임금을 감내해야 하는 전업 번역가가 누리는 거의 유일한 위안거리라고 항변하던 신선생이 말했다.

  "그래서 요즘은 떡 대신 고구마를 먹고 있어."

  수민은 아리송한 표정을 지었다.

  "고구마도 드시면 안 될 것 같은데요?"

  "무슨 소리야. 고구마는 GI지수가 48로 감자의 절반밖에 안 돼. 80인 당근보다도 낮은 수치라고. 수민씨가 아직 뭘 모르네."

  당뇨에 다디단 고구마가 안전하다니, 수민의 건강 상식

으론 잘 이해가 되지 않았다. 신선생은 항상 냉철한 어투로 말하지만 은근 허술한 구석이 있었다. 교정지를 주고받다 보면 알게 되는 것들이었다. 번역을 빠뜨린 문장을 채우고 오류가 난 시제를 바로잡아놓으면 신선생이 그 옆에 작게 스마일 표시를 해놓았는데, 어떨 땐 그런 그림이 한 챕터에 스무 개가 넘었다.

둘은 전시실 하나를 가득 채운 파프리카, 순무, 배추 형상의 거대한 벌룬 옆에 서서 번갈아가며 서로의 사진을 찍어주었다.

"전 요즘 피아노 조율 일을 배우고 있어요. 진지하게 해보려고요."

마지막으로 도착한 전시실에서는 영상이 재생되고 있었다. 이층 높이의 벽 가득히 드넓은 정원 풍경이 펼쳐졌다. 줄기가 가느다란 잉글리시 라벤더가 바람에 우아하게 일렁였다. 둘은 의자에 나란히 앉아 말없이 영상을 시청했다. 클로즈업된 거대한 디기탈리스 위로 벌이 내려앉는 나른한 장면을 보고 있노라니, 유물처럼 전해지는 지난 세기의 시청각 자료를 통해 꽃과 나무를 학습하는 미래인이 된 기분이었다.

신선생이 입을 연 것은 벌이 이제 막 꽃을 떠나려는 순간에서였다.

"조율 배우니까 좋은 점이 뭐야?"

곰곰이 생각한 수민이 대답했다.

"만져볼 수 있다는 게 좋아요. 손으로 만지작거리다보면 무엇이든 고칠 수 있을 것만 같은 기대가 생겨요."

수민은 살면서 늘 무분별한 기대를 경계하려 애썼다. 어린 시절 자석이 달린 캐릭터 필통이 생일 아침 머리맡에 놓여 있길 바라는 마음, 늦은 밤 아르바이트를 마치고 돌아가는 길, 누구라도 어두운 골목 어귀에 마중나와 있었으면 하는 바람, 언젠가는 사회에 꼭 필요한 구성원이 되리라는 소망, 자신이 하는 일이 밥벌이 외에도 의미와 가치를 지닐 것이라는 희망, 애정이 공평하게 되돌아오리라는 기대, 기다리면 시간이 해결해줄 거라는 막연한 낙관 같은 것들.

수민은 반복되는 좌절을 통해 삶에서 무언가를 기대하는 것 자체가 기대를 저버리는 일의 시작이라는 것을 깨달았지만, 기대감은 탁월한 적응력을 지닌 자생식물처럼 가슴 한편에서 끈질기게 싹을 틔웠다.

카페에 들러 차를 한잔 마시고 나오자 어느덧 하늘엔 먹구름이 두텁게 내려앉아 있었다.

신선생과 나란히 지하철역을 향해 걷던 수민이 운동화 편집숍 앞에서 멈춰 섰다. 쇼윈도 안쪽에 방한 부츠 몇 가지가 진열되어 있었는데, 그중 어그부츠가 수민의 눈에 띄었다. 몇 년간 자취를 감추더니 다시 유행이 돌아온 모양이었다. 수민은 앞코가 뭉툭하고 목 부분에 복슬복슬한 털이 달린 부츠를 홀린 듯 바라보았다. 눈이 올지도 모른다고 생각하니까 괜히 갖고 싶어졌다.

"선생님, 제가 이 나이에 저걸 신어도 될까요?"

수민의 물음에 쭈그리고 앉아 신중히 부츠를 살펴보던 신선생이 입을 열었다.

"아니, 양털은 원래 물에 취약해. 눈비에 쥐약일 듯? 수민씬 아직도 디자인이 기능을 반영한다고 믿는 거야?"

*

이른 저녁을 차려 먹고 문득 바깥으로 고개를 돌렸을 때, 안개처럼 뿌연 배경을 뚫고 눈송이들이 유리창에 달라붙는 게 수민의 눈에 들어왔다. 발코니로 나가 문을 열자, 함박눈이 내리고 있었다. 내린 지 꽤 됐는지 바닥에 눈이 제법 쌓여 있었다. 저 아래로 패딩 점퍼에 달린 모자를 뒤집어쓴 누군가가 눈 위를 엉거주춤 걷는 것이 보였다.

수민은 발코니 문을 닫았다. 설거지를 하고 뉴스의 헤드라인을 보았다. 담당 책의 보도 자료 마감 기한을 확인하고 이메일도 체크했다. 조율 일로 자리를 잡을 때까지는 편집 일을 지속할 생각이었다. 어쩌면 할 수 있는 한 두 일을 병행해야 할지도 몰랐다. 기능사 자격증을 언제쯤 딸 수 있을지 알 수 없었다. 막차라던 수강생의 비관적인 전망도 떠올랐다. 아파트를 살 때 받은 담보 대출금은 수민이 갚고 있었다. 그래서 수찬과 갈라서는 데도 산술이 필요했다. 수민은 실제로 피아노를 만져보고 난 뒤에야 비로소 자신이 악기에 대해서 아는 것이 너무 없다는 걸 깨달았다. 조율은 인문학적 식견이나 예술적 감각과는 거리가 먼 일이었다. 그보다는 경험과 수학적 사고, 운동 능력이 필요했다. 모두 수민이 해보지 않았거나 부족하다고 여겨온 것들이었다. 세상 대부분의 일들이 예상을 벗어난다는 예상만큼은 빗나가질 않았다.

다시 발코니로 나갔을 땐 밤이 깊어져 있었다. 그사이 아파트 단지의 너른 마당에는 사람들이 늘었다. 어린아이

주먹만한 눈이 끝도 없이 쏟아졌다. 수민은 문득 오래전 읽은 과학 서적의 한 구절이 떠올랐다.

……지구의 나이를 사람의 수명에 비교한다면, 일반적인 생물의 탄생에서 죽음까지 걸리는 시간은 몇분의 1초에 불과하다. 그야말로 우리는 화톳불의 불길 위에 나풀거리며 떨어져 내리는 눈송이처럼 덧없는 존재이다.

처음 읽자마자 포스트잇에 적어 책상 앞에 붙여놓았던 글귀였다. 수민은 지치거나 일이 뜻대로 되지 않을 때면 그 글귀를 떠올렸다. 우리가 얼마나 하찮은 존재인지 떠올리면 다른 문제들도 덩달아 별일 아닌 것으로 여겨졌다. 그리고 오늘처럼 반갑게 눈이 내리는 순간에도 생각났다. 그 글귀가 들뜨지 말라고, 헛되이 기대하지도 말라고 경고하는 것 같았다. 엄정한 과학적 진실은 좋음으로도 나쁨으로도 귀결되지 않는다. 수민에겐 그 점이 의지가 되었다.

수민은 잠옷 위에 패딩 점퍼를 걸치고 현관문을 열었다.
아파트 정문에서 동 출입구를 따라 주민들이 삽으로 눈을 밀어내고 있었다. 눈은 치우는 족족 빠르게 다시 쌓였지만 짜증을 내거나 삽을 내려놓는 사람은 없었다. 함께 뛰쳐나온 아이들은 쌓인 눈을 뭉쳐 눈사람을 만들었다. 오리 모양 틀로 눈 오리를 찍어내는 사람들도 있었다. 사람들은 눈을 치우다가도 눈사람이나 눈 오리 옆에서 사진을 찍었다.

수민은 하늘을 올려다보았다. 가로등 불빛에 눈송이가 붉게 빛났다. 나뭇가지 위에 쌓였던 눈이 무게를 이기지 못하고 한꺼번에 후드득 떨어졌다. 눈 폭탄을 맞은 아이들이 소리를 지르며 강아지처럼 몸을 털어댔다. 요란한 행동이 무색하게 모자와 어깨 위로 재빨리 눈이 내려앉았다.

수민은 봄이면 저 나뭇가지에 라일락이 흐드러지게 핀다는 사실을 알았다. 꽃이 너무 무거워 가지가 길게 아래로 늘어지면 스치기만 해도 라일락 향기가 몸에 배었다. 그런 계절을, 수민은 이곳에서 수찬과 다섯 번을 보냈다. 수찬과 수민은 이름이 비슷해 남매인 줄 아는 사람도 있었다. 이목구비가 희미하고 길쭉한 생김새가 닮기도 했다. 수민에게는 그것이 혈육처럼 영원히 함께하리라는 징표로 느껴지던 때가 있었다. 그러나 이제 그런 믿음은 사라지고 없다.

수민은 오늘 아침 밥알처럼 부풀었던 마음의 정체가 다름 아닌 슬픔이라는 것을 깨달았다. 그건 수민이 오랫동안

공들여 구성한 세계가 무너지고 난 자리에 생겨난 것이었다. 그리고 그때의 슬픔은 기대나 희망의 반대말도, 포기나 좌절의 표현도 아니었다. 단지 슬픔 그 자체로 수민 안에 태어나 마음속 어둠을 밝히는 무언가였다.

부산스레 움직이는 사람들을 바라보던 수민이 경비실에 들러 여분의 눈삽을 들고나왔다. 그리고 쌓인 눈 깊숙이 삽을 찔러넣었다.

충
돌

조율은 맥놀이를 듣는 것에서 출발한다.

소리는 공기를 매질로 하는 진동 현상이다. 그리고 진동 폭과 진동수에 따라 다른 소리가 난다. 진동의 폭이 넓을수록 소리는 커지고 진동의 폭이 좁으면 작은 소리가 난다. 음의 높이는 진동수와 관련되어 있다. 진동수가 적으면 음은 낮아지고 진동수가 많으면 높아진다. 만약 진동수가 비슷한 두 음이 동시에 울리면 어떻게 될까? 충돌이 발생한다. 두 개의 진동이 서로를 간섭하고 방해하기 때문이다. 그러면 마치 맥박이 뛰듯이 공기 중에 규칙적이고 희미한 울림이 생긴다. 이것이 맥놀이다. 그리고 이 두 음의 진동수가 같아지도록, 그래서 깨끗하고 일관된 소리가 나도록

하는 것을 동음 조율이라 부른다. 동음 조율은 건반 하나를 가볍게 누른 뒤 소리가 사라지기 전에 장력을 조정해 맥놀이를 없애는 과정으로 이루어진다. 맥놀이를 듣는 능력과 신속하고 정확한 손놀림이 핵심인 셈이다.

수민은 이제 동음 조율에 능숙해졌다. 요즘은 시간 단축을 목표로 연습중이었다. 어릴 때 잠깐이지만 피아노를 배웠던 게 도움이 됐다. 악기 소리에 익숙한 탓인지 맥놀이를 찾는 일이 어렵지 않았다. 원장은 아무리 애써도 맥놀이를 듣지 못해 수업을 포기하는 수강생도 있다는 말로 수민을 칭찬했다. 자신의 기를 살려주려고 과장되게 한 말일 거라고 생각하면서도 수민은 어깨가 으쓱해졌다. 모조리 없애버릴 테다. 스톱워치를 켠 수민이 게임 퀘스트를 수행하듯 숨가쁘게 튜닝 해머를 돌리고 있을 때, 실습실 문을 열고 원장이 들어왔다.

"수민씨, 힘 좀 풉시다."

요즘 수민이 가장 자주 듣는 말이었다. 수민은 조율 실습을 하면서 자신이 평소 몸에 잔뜩 힘을 주고 있다는 사실을 알게 되었다.

"조율할 때마다 그렇게 애를 써야 하면 나 같은 늙은이가 어떻게 두 시간씩 피아노를 붙잡고 있겠습니까?"

학원은 필기시험이 끝나자 쥐죽은듯이 조용해졌다. 실습이 개별적으로 이루어지기 때문이기도 하고 필기시험 탈락 등으로 중도 포기자들이 생긴 탓인 것도 같았다. 필기시험에 합격한 수민은 내년 초로 예정된 실기시험 준비에 들어갔다. 원장과 둘만 있는 시간이 늘자 사적으로 알게 되는 것들이 있었다. 결혼 전 대기업 회계과에서 근무했다는 것, 원장이 말한 '재취업을 고민하는 주부'가 자신의 이야기였다는 것, 그리고 수민 또래의 딸이 하나 있다는 것이었다. 딸은 원장을 닮아 어릴 때부터 수학을 잘했는데, 그래서 지금은 강남에서 수학 강사를 하고 있다고 했다. 원장이 겨우내 걸치던 밍크 숄이 딸이 준 환갑 선물이라는 것도 알게 됐다.

수민도 그 딸을 본 적이 있었다. 퇴근하는 원장과 우연히 함께 학원을 나선 날이었다. 가족 행사라고 했던가. 장충동에 있는 호텔로 저녁을 먹으러 간다며 딸이 원장을 데리러 왔었다. 부드럽게 내려가는 운전석 창문 사이로 하얀 얼굴 하나가 불쑥 튀어나왔다. "엄마!" 하고 원장을 부르는 커다란 목소리. 둘이 닮은 구석이 조금도 없어 저절로 원장의 남편에게로 궁금증이 옮아가게 한 주근깨가 잔뜩 박힌 동그란 얼굴.

"피아노 좀 쳐요?"

조율 핀에 끼운 튜닝 해머를 사선으로 눌러 능숙하게 현을 안착시킨 원장이 수민에게 물었다.

"조금요."

"틈틈이 곡 하나 연습해놔요. 짧고 화려한 걸로."

초등학교 음악 시험 때 몇 번 오르간 반주를 맡기는 했지만 수민의 음악적 커리어는 중학교에 올라가며 막을 내린 상태였다.

"왜요?"

"일종의 퍼포먼스지. 조율 끝내고 멋들어지게 한 곡 치면 고객들이 얼마나 좋아하는데."

조율 수업에 익숙해졌다고 생각한 것도 잠시, 수민은 조율이 자신의 자질과 얼마나 동떨어진 일인지 새삼 깨달았다. 삶이 소극적이고 안정 지향적이었던 과거의 자신에게 회초리질하는 것 같달까. 쇼맨십까지 갖춰야 한다니, 조율사로 성공하는 길에서 다시 한발 멀어진 기분이었다.

\*

학원을 마치고 아파트로 들어서자 단지 안에서는 농산

물 직거래 장터가 한창이었다. 시와 자매결연을 맺은 지방의 특산품들로 꾸려진 매대 위에는 산야초 엑기스와 우리밀 건빵, 감말랭이, 황옥수수 쌀 등이 나란히 놓여 있었다. 뒤쪽에선 아파트 입주민 자치회 사람들이 산수유 막걸리와 즉석에서 부친 미나리전을 팔고 있었는데, 기름냄새 덕에 제법 들뜬 분위기가 났다. 황옥수수 쌀이 뭐지? 옥수수맛이 나는 쌀이라는 건가? 옥수수를 쌀 대용으로 쓴다는 의미인가? 수민이 궁금해하며 소분한 황옥수수 쌀 봉지를 만지작거리고 있을 때, 누군가가 등뒤에서 와락 수민을 끌어안았다.

"수민씨는 왜 놀라지를 않아?"

수민이 몸을 돌리자 지은이 마르고 단단한 팔을 풀며 말했다.

"그러게요."

작년에 크게 한 번 놀랄 일을 겪은 이후로 수민은 자신이 어딘가 조금 달라졌다고 느꼈다.

지은의 시선이 그새 매대를 향했다. 짬을 내서 온 것인지 레깅스에 얇은 카디건을 걸친 차림새였다. 지은은 지하철역 근처에서 필라테스 학원을 운영했다. 수민도 두어 달 전쯤인가에 가봤다. 학원 입구에 놓인 '봄맞이 1:1 무료 체험 이벤트'라는 입간판 광고를 보고 충동적으로 예약 문의를 했었다.

매트에서 개인 레슨이 진행되는 동안 수민은 커다란 짐볼과 사투를 벌였다. 평편한 곳에서 해도 쉽지 않을 동작을 말랑말랑한 볼 위에서 하다보니 자꾸만 바닥으로 미끄러졌다. 지은은 수민이 복근에 제대로 힘을 주고 있는지 손으로 꾹꾹 찔러보고 아무렇지 않게 엉덩이 밑에 손을 집어넣었다.

"자, 골반 중립."

갈비뼈를 조이면서 숨을 내뱉으라는 지은의 훈련된 발성은 듣기 좋았지만 볼 위에서 굴러떨어지지 않기에 급급한 수민의 머리에는 입력이 되지 않았다. 결국 막힌 림프샘을 풀어준다며 땀에 젖은 겨드랑이로 불쑥 손을 집어넣는 지은의 손목을 다급하게 붙잡는 것으로 수민의 체험은 막을 내렸다.

지은을 다시 만난 건 그로부터 이틀이 지난 저녁, 아파트 분리수거장에서였다. 땅거미가 진 재활용 분리수거장 앞에서 수민은 지은이 자신과 같은 동 주민이라는 것, 그녀에게 이십사 개월 된 아들이 있다는 것, 그리고 서로 동갑내기라는 것을 알게 되었다.

수민은 지은을 따라 2.4킬로그램짜리 지리산 야생 꿀 한 통을 샀다. 아침에 차가운 꿀물을 한 잔씩 마시면 활력이 생긴다는 지은의 말에 설득당해서였다. 활력, 그건 몸 쓰는 일을 하는 요즘 수민에게 가장 필요한 거였다. 지은은 꿀을 두 통이나 사면서 한 통은 자신과 남편이 먹고 한 통은 엄마에게 줄 거라고 했다. 그녀의 엄마가 종일 아이를 돌봐주기 때문인 것 같았다.

꿀통 두 개를 양팔로 거뜬히 끌어안은 지은이 갑자기 한숨을 쉬었다. 엊그제 퇴근했더니 엄마가 자신을 보자마자 울음을 터뜨리더라는 것이었다. 혹시 아이가 심하게 투정을 부렸나 싶어 애를 다그치려고 하자 엄마가 울먹이며 말했다.

"나 이제 혼자 있고 싶어. 혼자 파스타 먹으면서 영화도 보고 싶고, 노래방도 맘대로 가고 싶어."

할머니가 울자 아이가 따라 우는 바람에 지은은 정신이 아득해졌다.

지은은 수민에게 자신의 엄마가 곱게만 살아와서 철이 없다고 했다가, 손주 돌봄비로 한 달에 백만원씩 주는 것에 대해 어떻게 생각하느냐고 물어왔다. 수민은 양육이나 돌봄에 대해 아는 것이 없었기에 사람을 쓰면 이백만원이 넘는다는 이야기를 들은 적이 있다고 에둘러 대답했다.

"그래서 내가 꼭 안아줬어. 너무 불쌍하잖아."

매대 옆에선 바자회도 열렸다. 어린이 동화 전집을 눈으로 훑던 지은은 어느새 '우리 엄만 정말 착한 사람'이라는 결론을 향해 가고 있었다.

수민은 자연스레 자신의 엄마를 떠올렸다. 수민의 엄마는 '정말 착한 사람'이라고 단언하긴 무리가 있었다. 그녀가 살면서 저지른 은근한 범법 행위들, 예를 들어 청약 당첨을 노리고 위장전입을 한 일이나 돈을 받고 미용 자격증을 대여해준 일, 또 투기성 짙은 재건축 투자에 뛰어들었던 일 따위를 알지 못했다면 모를까.

그래도 이상적인 부모의 모습에 '자녀에게 의존하지 않는 부모'라는 항목이 있다면 수민의 엄마는 단연 이상적이라고 할 만했다. 엄마는 주민센터에서 진행하는 노후 대비를 위한 창업 교육을 착실히 받았다. 사귀는 남자친구도 있었다. 너무 자주 바뀌는 게 문제라면 문제랄까. 작년엔 요양보호사의 전망이 밝다는 뉴스를 보더니 매일 학원으로 출근 도장을 찍기 시작했다. 아르바이트를 하면서도 기어이 자격증을 땄다.

그녀는 자식에게 정서적으로도 경제적으로도 의지하지 않는 주체적인 엄마였지만 살가운 애정 표현과는 거리가 있는 사람이었다. 수민 역시 독립적인 유년 시절을 보내며 과묵하고 무뚝뚝하게 자라났다. 대학 첫 학기가 끝나자마자 아르바이트를 시작한 이후론 엄마와 함께 식사를 한 날이 손에 꼽을 정도였다. 졸업과 동시에 출판사에 들어간 수민은 월세 보증금을 모으자마자 자취를 했다. 회사 근처 원룸에 짐을 풀던 날, 수민은 자신이 늘 온전한 자기 것을 바라왔다는 사실을 알게 되었다. 그 이후론 엄마에게 가더라도 잠은 꼭 자신의 집에 돌아와서 잤다.

그렇다고 수민이 엄마를 사랑하지 않는 건 아니었다. 엄마의 애정이 부족하다고 느끼지도 않았다. 수민은 그간 엄마가 둘의 생활을 지탱하기 위해 얼마나 고군분투했는지 잘 알았다. 다만 이 적당한 거리감이 관계를 유지하는 최선의 방법이라는 걸 일찍이 깨달았던 것뿐.

그래도 자주 문자나 전화로 서로의 안부를 확인했는데, 요즘은 수민이 먼저 연락하지 않으면 일주일이고 열흘이고 소식이 없었다. 생각해보니 마지막으로 얼굴을 본 게 작년 초가을이었다.

엄마를 만난 건 행이동의 오래된 칼국숫집에서였다. 명절을 앞두고 간단히 점심이나 먹자고 만든 자리였다. 등산용 바람막이 점퍼를 허리에 두르고 선 캡을 쓴 평소 차림새로 나타난 엄마가 가게 사장에게 눈인사를 했다. 집 근처에서 아르바이트를 한다더니 여기인 모양이었다.

"나 이사가. 내일모레."

엄마에겐 고질적인 버릇이 하나 있었는데, 중대한 결정을 내릴 때 수민과 상의하지 않는다는 거였다. 물론 수민도 어학연수를 신청했을 때나 자취를 결심했을 때 엄마와 상의하지 않았다. 통보를 했지. 그래도 이건 경우가 좀 다르지 않나? 이십 년이나 살던 동네를 떠나는 일인데.

"일찍도 말한다."

수민의 냉담한 반응을 예상했다는 듯 엄마는 담담하기만 했다.

"근데 여기서 좀 멀어."

행이동은 수민과 엄마가 서울로 상경한 이래 가장 오랫동안 살았던 동네였다.

그곳에 정착하게 된 건 엄마 말에 따르면 '살기 만만한 동네'이기 때문이었다. 행이동은 입지에 비해 집값이 싼 편이었는데, 빌라가 언덕 주변에 난립해 있는데다 성곽에 둘러싸여 있어 오랫동안 재개발 지역에서 제외되어 있었다. 수민과 엄마가 처음 행이동으로 이사왔을 때도 짐을 실은 트럭이 좁은 골목에 들어가지 못해 애를 먹었었다. 엄마가 점심값에 웃돈을 얹어줘가며 이삿짐센터 직원들을 달래는 동안, 수민은 눈치껏 다라이나 선풍기 따위를 날랐다.

가계가 안정을 얻기 시작한 건 엄마가 보험설계사 일을 그만두고 프랜차이즈 녹즙 대리점을 운영하게 되면서부터 였다. 당시 대학교 3학년이었던 수민은 엄마가 부동산을 들락거리며 근방의 아파트 시세를 알아보거나 전세를 끼고 대출을 받아서라도 매물을 사두지 않은 걸 두고두고 후회 하는 모습을 보면서 서울에 온 이후 줄곧 집안을 뒤덮고 있 던 가난의 그림자가 서서히 걷히고 있음을 알게 되었다.

경제적 여유가 생긴 이후에도 엄마는 행이동의 언덕을 벗어나지도, 그렇다고 아예 집을 사지도 않았다. 수민이 취 직해 독립을 하고 결혼한 뒤 대출을 끌어다 성남에 신혼집 을 장만하던 긴 시간 동안에도 엄마는 행이동의 전셋집을 전전하며 시기를 엿보기만 했다. 엄마의 궁극적인 목표는 서울에서의 내 집 마련이었지만 늘 시세차익이란 불확실한 숫자놀음에 마음이 흔들렸다. 몇 번쯤 수민을 데리고 집을 보러 간 적도 있었다.

"이 집 어때?"

엄마가 물으면 수민은 그 말이 살기에 좋은 집을 뜻하는 것인지 되팔기에 적당한 집을 뜻하는 것인지 의문이 들었다. 매매는 늘 불발로 끝났다. 언제나 집값 상승률이 엄마의 소득을 추월했기 때문이었다.

때가 되면.

수민은 신기루처럼 다가가면 저만치 멀어지는 그때가 언제 올지 궁금하다가도 저러다 영영 오지 않으면 어쩌나 싶었다. 하지만 좀더 시간이 지난 뒤엔 영원히 그런 때가 오지 않더라도 늘 희망을 품고 산다는 점에서 나쁘지 않은지도 모르겠다고 생각했다. 엄마는 목표를 위해서라면 현재의 불편함은 기꺼이 감수할 수 있는 사람이기 때문이었다. 엄마에게 가장 어울리지 않는 사자성어가 있다면 '안분지족'이라고 할 수 있을 정도로, 엄마는 늘 경제적으로 더 나은 앞날을 바랐다.

그런 엄마가 북한산 자락의 작은 마을에서 산을 벗삼아 텃밭을 가꾸며 소박한 노후를 보낼 거라고 말하고 있었다.

"엄만 농사지어본 적도 없잖아."

"닥치면 다 하게 돼 있어."

"살 타는 거 싫다며."

"수민아, 사람은 다 변해."

수민은 젓가락으로 바지락 칼국수를 휘휘 저었다. 기분
이 이상했다. 막연한 상실감이랄까. 행이동에 더는 엄마가
없을 거라는 사실이 서운했다. 경치가 아름답다고는 하지
만 이사갈 곳이 연고도 없는 외진 동네라는 점도 탐탁지 않
았다.

수민이 이삿날 도우러 가겠다고 하자 엄마는 완강히 거
절했다.

"오지 마. 다 버리고 갈 거니까."

수민은 엄마의 말투가 너무 단호해서 순간 '다 버리는'
것에 자신도 포함되는 건 아닐까 하는 생각이 들었다. 불안
감을 느낀 수민이 일부러 대수롭지 않다는 듯 굴었다.

"오버 좀 하지 마."

"이미 폐가구 수거 업체도 불러놨어. 정신 사나우니까
오지 말라고."

"엄마, 로또라도 됐어?"

"그래. 다 정리되면 부를 테니까 좀 기다려."

이삿날 막무가내로라도 찾아갔어야 했는데. 변명을 하
자면 그때 수민은 수찬과의 일로 엄마에게 쓸 마음의 여유
가 없었다. 내심 엄마의 탁월한 독립심에 감사하는 마음이

들었을 뿐.


"지은씨는 부모님 연락이 뜸해지면 어떻게 할 것 같아
요?"

엘리베이터에 올라타며 수민이 물었다.

"우리집은 절대 그럴 일이 없지."

"만약에요. 가정해서."

지은은 대답할 때 고민을 거의 하지 않았는데, 수민은
그 점이 마음에 들었다.

"그럼 찾아가봐야지."

날 풀리면 보자며 '나중에'를 반복하던 엄마의 목소리가
떠올랐다.

"어머니가 싫어하실 수도 있잖아요? 사정이 있다거나 혼
자 있고 싶다거나……"

"그런 게 어딨어, 가족끼리? 관심 가져주면 다 좋아하
지. 난 우리 엄마 평생 옆구리에 끼고 살 건데?"


*


어린 시절 수민은 언제나 자신이 물에 뜬 기름 같다고

느꼈다.

　수민의 부모는 동향인데다 둘 다 형제가 많아 주위가 늘 친척들로 북적였다. 수민의 부모를 제외하곤 모두 둘 이상의 자녀를 낳았기에 집안의 유일한 외동이었던 수민은 자라면서 수시로 사회성을 시험받았다. 외동이라 이기적이고 양보심이 적다는 꼬리표를 뗀다는 빌미로, 수민의 부모는 공동육아하는 암사자들처럼 틈만 나면 수민을 친척집으로 내돌렸다. 수민은 서로 엇비슷하게 생긴 형제, 자매, 남매 간의 편애와 결탁, 불공정의 틈바구니에서 유년을 보내야 했다. 잠자리 날개를 뜯는 사촌들을 억지로 따라다니다 풀독이 올라 잠 못 이루는 밤이면 누군가가, 자신의 개인성을 이해해주는 낯선 사람이 나타나 자신을 한없이 고요하고 사적인 공간으로 데려가주길 바랐다.

　그런 수민이 엄마를 따라 청주를 떠난 건 중학교 3학년 1학기 기말고사를 막 치렀을 때였다.

　모녀는 아무 연고도 없는 서울 혜화동의 두 칸짜리 방에서 새로운 생활을 시작했다.

　그 이후의 삶은 수민이 원하던 대로였다. 늘 혼자 있게 된 것이었다. 엄마가 닥치는 대로 돈을 버는 동안, 수민은 엄마가 잔뜩 끓여둔 김치찌개에 밥을 비벼 먹거나 집 근처

KFC에서 비스킷을 사다 먹으며 끼니를 때웠다. 그것 말곤 아무것도 할 게 없었다. 이런 게 고요인가? 어리둥절한 얼굴로 끈적한 장판 위에 드러누워 있노라면 아주 가끔, 큰엄마가 튀겨준 도넛이나 가죽나무 잎을 넣고 만든 맵고 질긴 장떡 같은 것들이 떠오를 때가 있었다. 새벽녘 밭에 나갈 채비를 하던 어른들의 발소리, 뒤척이다 겨우 잠든 수민의 다리를 툭툭 치던 사촌오빠의 발길질도.

"야, 밥 먹어."

오빠의 신경질적인 목소리에 깨어나 눅눅한 이불을 걷으면 저만치 보이던, 아침에도 환하게 햇빛이 내려앉은 대청마루.

서울에서의 첫 여름방학, 수민을 깨운 건 변성기가 온 소년의 목소리가 아닌 룰라의 〈3! 4!〉였다. 수민의 삶을 먹구름처럼 뒤덮고 있던 전근대적 풍요가 사라진 자리를 룰라가 차지한 것이었다. 수민이 생각하기에 그해 여름은 룰라의 것이라고 해도 과언이 아니었다. 수민의 집 뒤편으로 대학교가 하나 있었는데, 교내방송으로 하루가 멀다 하고 그 노래가 흘러나왔으니까.

나, 그대, 우리 모두가 함께 만들어갈 밝은 미래.

수민은 그 노래가 지겨웠다. 너무 지겨워서 밖으로 뛰쳐

나가 학교 담벼락을 발로 걷어찬 적도 있었다. 집에서 두어 발자국만 나가면 넘쳐나던 대학생들, 늘 무리지어 다니며 웃고 떠들던 그들을 보다보면 '우리'의 범위에 절로 의구심이 생겼다. 밝은 미래를 꿈꾸기엔 그 당시 수민의 삶엔 뭐가 너무 없었다. 이를테면, 꿈꿀 여지 같은 게.

전학 간 학교에 적응하지 못한 수민이 고향에서 싸들고 온 중고 컴퓨터로 매일 PC통신 영퀴방이나 들락날락하던 그때, 투잡을 뛰던 엄마는 지금의 수민과 비슷한 나이였다. 그 무렵 엄마는 퇴근 후 생전 입에도 대지 않던 소주를 마시기 시작했다. 아마 몸이 힘들어서 그랬을 것이다. 아침이면 안방에서 시큼한 냄새가 날 때도 있었다. 그런 일이 반복되다보니 뒤늦게 깨닫게 되었다. 이게 바로 불행의 냄새라는 걸.

수민은 이전에도 그런 냄새를 맡은 적이 있었다.

수민의 부모가 운영하던 당구장이 갑자기 문을 닫았을 때, 아빠가 서울에 다녀온다며 몇 달씩 집을 비웠을 때, 아무런 이유도 듣지 못한 채 큰집에 기약 없이 맡겨졌을 때 수민은 그런 종류의 냄새를 맡곤 했다. 근원을 알 수 없고 수민 자신의 것도 아니지만, 어쩐지 자신의 몸에서도 나는 것만 같았던 그 냄새를.

엄마가 보험설계사와 식당 일을 겸하느라 늘 비어 있던 집 현관엔 아버지의 구두가 놓여 있었다. 앞코가 뾰족하고 몸체가 날렵한 브라운색 옥스퍼드화였다. 구두를 눈엣가시처럼 여기던 수민은 그 냄새가 저 구두에 딸려온 거라고 결론 내렸다. 엄마는 왜 저 불길한 구두를 서울까지 가져온 걸까? 그것도 모자라 신줏단지 모시듯 현관에 곱게 놓아둘 건 뭐야?

자신에게까지 드리운 불행의 체취가 견딜 수 없어진 수민은 어느 날 퇴근하는 엄마에게 버럭 소리를 질렀다. 수민 인생의 처음이자 마지막 원망이었다.

"이럴 거면 뭐하러 이혼했어?"

수민이 신발을 가리키며 소리를 지르자 엄마가 무슨 뚱딴지같은 소릴 하냐는 표정을 지었다.

"그렇게 못 잊겠으면 그냥 봐주지 그랬어? 어차피 처음도 아니었잖아!"

그제야 수민이 한 말을 이해한 엄마가 피식 웃어 보이고는 아빠의 신발을 발로 툭 치더니 대답했다.

"집에 남자 구두가 있어야 무시를 안 당하는 법이야. 위장술이라고 알아?"

수민은 습관적으로 튜너를 켜고 피아노 의자에 앉았지만 영 진도가 나가지 않았다. 수민의 연습을 방해하는 요소가 있었다. 원장실에 후배라는 사람이 와 있었는데 목소리가 너무 커 실습실에까지 다 들렸다. 세종이니 예당이니 운운하는 그의 입에서 수민도 익히 아는 피아니스트 이름이 줄줄이 흘러나왔다.

"아니 건반을 전부 1밀리씩 낮춰달라는 거야, 누님. 시간도 없는데."

피아노 건반 깊이의 표준 규격은 10밀리미터다. 그런데 건반 깊이에 예민한 연주자들은 작은 차이에도 쉽게 손가락의 피로를 느낀다고 했다. 장시간 격렬한 연주를 이어가야 하는 경우엔 더 그렇다고 말이다. 건반 깊이를 낮추는 방법으론 건반 밑에 얇은 종이 펀칭을 여러 장 덧대 건반이 들어가는 깊이를 얕게 만드는 방식이 있다. 그러니까 여든여덟 개의 건반 밑에 일일이 종이 펀칭을 깔아 높이를 균일하게 맞춰야 한다는 이야기다.

수민은 수업 틈틈이 원장이 일러준 고객들의 각양각색 요구들을 떠올렸다. 음색이 중후한 피아노 소리를 맑고 선명하게 만들어달라거나, 반대로 원래 맑고 쨍한 소리를 내는 피아노를 자연스럽고 풍부한 음색으로 만들어달라고 한다고도 했다. 그런 요청을 들으면 조율사는 난색을 표하기 마련이지만, 방법이 없진 않다. 현이 닿는 해머 펠트 표면에 경화액을 투여하는 것이다. 그럼 펠트의 강도가 높아지고 소리는 단단해진다. 반대도 가능하다. 얇은 침으로 펠트를 찔러 표면을 부드럽게 만드는 방법이 있다. 이걸 니들링이라고 부르는데, 이론상으론 간단하지만 실제 작업은 단순하지가 않다. 침이 들어가는 깊이와 각도를 미세하게 조정하지 않으면 자칫 해머 펠트를 못 쓰게 되는 경우가 생기기 때문이다. 피아노 브랜드마다 해머의 모양새가 다른 것도 문제다. 조율사의 다양한 경험이 요구되는 것이다. 피아노는 부품을 교체하는 순간 값이 크게 떨어진다. 고가의 피아노일수록 더 그렇다. 그러니 작업은 신중해질 수밖에 없다. 모두 수민은 아직 이론으로밖에 접한 적 없는 실전의 영역이었다.

수민의 연습을 방해하는 요소는 더 있었다. 바로 엄마였다. 어제 지은과 헤어지고 집으로 돌아오자마자 엄마에게 전화를 걸었는데 받지 않았던 거다. 오늘 아침엔 문자도 보냈지만 수민이 보낸 메시지 아래엔 지금까지 아무것도 남겨진 게 없었다.

수민은 대화창을 스크롤해 엄마와 주고받은 문자 내용을 넘겨보았다. 인터넷으로 단백질 파우더나 일제 아이라이너를 주문해달라는 메시지 사이사이에 이른봄에 보낸 철쭉 사진, 형광등 아래서 찍는 바람에 얼굴이 하얗게 번진 엄마의 셀카, 누군가가 찍어준 듯 헬멧을 쓰고 자전거를 타는 엄마의 뒷모습 사진이 띄엄띄엄 이어졌다. '응' '예쁘네' 따위의 건조한 답변으로 드문드문 오가던 대화엔 한 가지 공통점이 있었다. 수민이 만남을 제안한 몇몇 순간에 매번 엄마가 이런저런 핑계를 들어 거절해왔다는 점이었다.

수민은 엄마와의 통화 내역을 확인했다. 엄마의 목소리를 마지막으로 들은 건 일주일 전. 기억을 더듬었지만 인상에 남을 만한 내용은 없었다. 산에 갔다가 내려오는 길이라길래, "너무 높이까지 가지 마. 위험하잖아"라고 타박했던 것 정도가 떠오를 뿐이었다.

북한산 자락에서 편안한 노후를 보내겠다는 말이 영 헛말은 아니었는지 엄마는 하루의 대부분을 등산에 할애하는 것처럼 보였다. 엄마는 아침에도 해가 질 무렵에도 비가 올 때에도 늘 산을 오르는 중이거나 산중이거나 산에서 내려오는 중이었기에, 수민은 엄마의 '등산중'이라는 표현이 일종

의 암호나 은밀한 시그널이 아닐까 생각해본 적이 있을 정
도였다. 새로운 남자와 데이트중이라거나 하는 것 말이다.

수민의 잔소리에 엄마가 무슨 엉뚱한 소리를 하냐는 듯
웃었다.

"산이 뭐가 위험해. 사람이 위험하지."

그리고 덧붙였다.

"아는 언니들이 몇 명 있어. 산에 다니다 알게 됐는데,
내가 거기서 제일 막내야."

그날 통화에서 수민이 마지막으로 한 말은 "좋겠네, 막
내라서"가 전부였다.

*

"너는 나들이 가니?"

아파트 주차장에서 만난 수찬은 피케 셔츠와 면바지 차
림에 로퍼를 신고 있었다. 반차를 쓴다더니 옷까지 갈아입
고 온 모양이었다. 셔츠 앞섶에 걸린 선글라스가 영 눈에
거슬렸다. 익숙하게 차에 오른 수민은 들고 있던 주민등록
등본을 펼쳐 엄마의 현주소를 내비게이션에 입력했다. '경
기도 고양시'로 시작하는 낯선 주소였다.

수민이 수찬과 함께 가게 된 건 어제저녁에 걸려온 그의 전화 때문이었다. 수민은 지난달 가까스로 합의이혼 신청서를 제출했다. 수찬이 두 차례나 약속한 날에 나타나지 않아 더 오래 걸렸다. 한번은 몸살감기에 걸렸다는 핑계를 댔고, 다른 한번은 접촉사고가 났다고 했다. 처음 이혼을 원한 건 수찬이었는데, 마지막엔 수민이 더 안달을 냈다. 완강히 버티던 수민이 이혼을 결정한 건 수찬의 말 한마디 때문이었다.

"나한텐 생존의 문제야."

그리고 수민은 진짜 생존의 문제에 시달렸던 한 사람, 갓 상경했을 때의 엄마를 떠올렸다.

생활고에 시달리는 애 딸린 이혼녀.

지금의 자신과 비슷한 또래의 그 여자를 생각할 때면 수민은 안쓰러운 마음이 들었다. 너무 젊었다. 수민은 이 나이가 되어도 삶에 대해서 여전히 모르는 게 많았다. 그녀 역시 그랬을 것이다. 눈에 띄게 사나워지던 그녀가, 무시당한다 싶으면 때와 장소를 가리지 않고 학교에서든 병원에서든 소리부터 지르던 그녀가 창피하기만 했었는데, 지금 생각해보니 그건 그녀가 세상에 모르는 부분이 너무 많아서, 그런데 지켜야 할 게 있어서 그랬던 거였다.

수민은 비로소 깨달았다. 어린 시절 자신이 끔찍이 싫어했던 불행의 냄새가 사실은 생존의 냄새였다는 걸 말이다.

이혼 신청서를 낸 뒤로도 수찬은 수민에게 꾸준히 연락을 해왔다. 수찬의 작업실 마당으로 새끼 고라니가 들어온 이야기, 급작스런 폭우에 천장으로 물이 스며들어 누전으로 불이 날 뻔한 이야기, 언젠가 한번 가보자고 했던 국숫집의 폐업 소식 따위를 드문드문 전했다. 그는 아무 일도 일어나지 않은 것처럼, 마치 이혼도 결혼도 하지 않은 것처럼 수민을 대했다. 수민은 수찬의 이름이 뜬 휴대폰 액정을 바라볼 때마다 그에게 이혼이란 사실 살풀이 같은 의례의 일종이 아니었을까 하는 의구심이 들기까지 했다.

법원에 간 날 수찬이 보인 행태는 더 어처구니가 없었다. 걸어서 십 분 거리인 가정법원으로 향하며 법이 생각보다 가까이에 있음을 새삼 깨달은 그날, 서류 접수를 끝낸 수찬이 법원 앞에서 울음을 터뜨렸다. 그의 흐느낌이 점차 통곡으로 변해갔기에 주위를 의식하지 않을 수 없었던 수민이 그의 팔을 붙들고 뒷골목으로 데려갔다.

"그만 울어. 원하는 대로 해줬잖아."

마트에서 생떼를 부리는 아이처럼 소리 내어 울던 수찬이 코를 훌쩍이며 말했다.

"너랑 헤어지고 싶어서 이혼하는 게 아냐."

"그럼 부처님이 이혼하라고 윽박지르기라도 했어?"

"살려고 이러는 거라고."

수민은 더는 이런 주제로 이야기하고 싶지 않았다. 도돌이표 같은 대화가 피곤하기만 했다. 다 말장난 같았다.

"내가 널 죽이기라도 했니?"

수민이 짜증스럽다는 듯 쳐다보자 수찬이 다시 흐느끼기 시작했다.

수민은 그를 버려두고 집으로 돌아와버렸다.


"오래간만에 뵙는 건데 예쁘게 보이면 좋잖아."

수찬의 얼굴은 해맑기 이를 데 없었다. 어젯밤 수찬에게 전화가 왔을 때, 수민은 범죄 사건 재연 프로그램을 보고 있었다. 수찬은 장모님이 자신의 전화를 받지도 문자메시지에 답을 하지도 않는다고 불평했다.

"네가 시켰지?"

수민이 시큰둥하게 대답했다.

"이제 남인데 우리 엄마가 왜 너한테 답장을 해야 하지?"

옥신각신 끝에 수민은 자신도 엄마와 연락이 잘 되지 않을뿐더러 집에 찾아가는 걸 한사코 거절하는 바람에 약속을 잡을 수도 없었다는 사실을 털어놓게 되었다. 그 때문에 주민센터에 들러 엄마의 주민등록등본을 떼왔다는 것도.

수민은 수찬의 입에서 엄마 이야기가 나오면 결국 마음이 약해졌다. 그가 유독 살가운 사위였기 때문이었다.

수찬이 처음 집으로 인사를 하러 온 날에도 그랬다. 엄마가 등산로에서 마주친 늙은 유기견을 데려다 기르던 무렵이었다. 그날 슬랙스에 얇은 헨리넥 셔츠를 입은 수찬의 손에는 와인 한 병과 에클레어 한 상자가 들려 있었다.

거실 한가운데 상을 펴고 둘러앉아 마늘을 잔뜩 넣은 닭백숙을 먹는 동안, 수민은 닭 먹으랴 반찬 집으랴 비닐장갑을 꼈다 벗었다 분주한 수찬과 와인 몇 모금에 얼굴이 온통 붉어진 엄마를 바라보았다. 딸각딸각 소리를 내며 느리게 다가온 개에게 식힌 닭가슴살 몇 점을 먹여주던 엄마의 흰 손도, 한쪽 눈에 백내장이 온 늙은 개의 온순한 얼굴도.

수민이 커피를 내오려고 부엌에 간 사이, 엄마와 수찬 둘만 남게 된 자리에는 침묵이 내려앉았다. 식사시간 내내 그를 관찰하는 엄마의 집요한 눈빛을 묵묵히 견디던 수찬이 입을 열었다.

"어머니, 행이동의 '행' 자가 어디서 왔는지 아십니까?"

불쑥 질문을 던지는 건 어색함을 돌파하려는 수찬 고유

의 방식이었다. 수민은 그게 먹힐 때도, 그렇지 않을 때도 있다는 걸 알았다.

"글쎄요."

수민은 저런 표정을 지을 때의 엄마도 잘 알았다. 행색이 멀끔해 보이는 수찬이 속으로 이 동네와 낡은 살림살이를 무시하기라도 할까봐 잔뜩 경계하는 눈빛.

"은행나무요. 이 동네가 은행나무가 아름답기로 유명하거든요."

수찬은 뒷길로 조금만 더 올라가면 연립주택들 사이에 마치 출근길 만원 지하철에 탄 회사원들처럼 끼여 있는 오래된 은행나무들이 있는데 본 적 있냐고 엄마에게 물었다. 수령이 무려 사백육십 년이나 된 보호수도 있다면서, 비록 사람들 틈에 사느라 수관의 폭도 좁고 형태도 뒤틀려 있지만 또 그래서 아름다운 거 아니겠냐고 말하는 수찬을 바라_'는 엄마의 굳은 입가가 서서히 느슨해졌다.

_'장이 풀린 수민이 커피와 함께 수찬이 사온 에클레어를 장_'에 담아왔다. 활짝 문을 연 발코니로 들어오는 산들바람에 _삼 풍경이 거기 있음을 깨달은 사람들처럼 셋이 번갈아_ _려 바깥으로 시선을 돌리던 고요한 순간은 오랜 시간이_ _난 뒤에도 문득문득 떠오르는 장면이었다.

어제부터 엄마와 연락이 되지 않는다는 수민의 말에 수찬이 당장 장모님 집으로 쳐들어가야 한다고 주장했다.

"가도 내가 가야지 왜 네가 가."

수민이 따지자, 수찬이 그럼 같이 가자고 선심 쓰듯 굴었다. 자신에게도 장모님을 걱정할 권리가 있다면서 장모님과 자신의 독자적인 유대를 해칠 권리가 너에겐 없다고, 게다가 너는 차도 없지 않냐고 우겨댔다.

"너는 참 권리 주장을 잘한다."

고집부리는 수찬의 의견을 마지못해 받아들인 건 때마침 범죄 재연 프로그램에서 실종 사건을 다루고 있었기 때문이었다. 실종자가 보낸 줄 알았던 문자메시지가 사실은 살인을 은폐하고 시간을 벌려는 범인의 짓이었단 게 밝혀지는 순간이었다. '띄어쓰기가 달라요.' '생전 존댓말 쓴 적 없는 앤데.' 의미심장한 주변인의 진술이 이어졌다.

수민은 저 험한 사건과 엄마의 경우는 완전히 다르다고 머리론 생각하면서도, 입으론 수찬에게 내일 아파트 주차장으로 오라는 말을 내뱉고 있었다. 만약 엄마가 집에 없으면 무작정 기다리든 인근 등산로를 뒤지든 꼭 얼굴을 보고 올 생각이었다. 그러려면 차로 움직이는 편이, 그리고 하나보단 둘이 나왔으니까.

아침에 눈뜨자마자 엄마에게 연락했을 땐 신호가 가다 말았다. 또 산에 간 건가. 문자메시지엔 여전히 답이 없었다.


아파트에서 빠져나온 뒤에도 줄곧 막히던 도로가 내부 순환로에 접어들자 비로소 트이기 시작했다. 차 안엔 에어컨이 켜져 있었지만 복사열 때문에 나른한 공기가 감돌았다. 수민이 에어컨 바람의 방향을 이리저리 조절하고 있을 때 수찬이 갑자기 무언가를 깨달았다는 듯 말했다.

"너 그거 장모님 닮은 거였구나."

"그거라니?"

"잠수 타는 거. 장모님 닮아서 그런 거였어."

수찬은 작년 말 수민이 한동안 두문불출했던 것에 대해 이야기하고 있었다. 아직도 그 얘기라니.

"너 귀신같다."

"그렇지?"

"응. 죽어서도 이승을 떠도는 귀신처럼 내 주위를 맴돌잖아."

차가 서서히 시내를 벗어났다. 멀찍이 하늘을 양분하고 있는 북한산의 능선이 눈에 들어왔다.

*

갓 지은 듯 깨끗한 외관의 빌라는 네 동으로 이루어져 있었다. 수찬은 필로티 구조의 빌라 주차장을 돌며 D동을 찾으려 했지만 건물 어디에도 동의 표지가 보이지 않았다. 차가 두어 대 주차되어 있긴 했지만 오가는 사람도 없고, 빌라 구석에 으레 있기 마련인 분리수거장도 없어 빈 건물 같았다.

"이 빌라 다 지어진 거 맞나? 동호수 표시도 없는데……"

수민은 묵묵부답인 엄마와의 문자메시지 대화창을 확인하곤 전화를 걸었다. 통화연결음이 두세 번 울리다 끊겨졌고, 다시 걸었을 땐 휴대폰이 꺼져 있었다.

막막한 기분에 수민은 차창 밖으로 시선을 돌렸다. 빌라 맞은편엔 넓은 공터가 있었다. 오랫동안 버려둔 땅인지 웃자란 잡초 위로 미지근한 햇볕이 내리쬐고 있었다. 차창을 열자 보이는 것과 달리 차가운 공기가 훅 끼쳤다. 이사간 지 얼마 지나지 않았을 때, 엄마가 산이 지척이라 그런가 행이동보다 기온이 낮다고 말했던 게 떠올랐다. 봄이지만 아침저녁으로 바람이 제법 매서워 집에서도 꼭 수면양말을 신고 지낸다는 이야기도.

"우겨서라도 와봤어야지."

수찬이 수민을 나무랐다.

"넌 그런 말 할 자격이 없단다."

수민은 주어 앞에 '우리를 포기한'이라는 수식어를 붙이려다 말았다. 수민이 그에게 남은 화가 있다면, 그건 그의 의리 없음에 관한 거였다. 그동안의 관계를 지킬 의리 말이다.

"넌 원래도 내가 끌고 가지 않으면 장모님한테 잘 가지도 않았어."

수민도 알았다. 자신이 엄마에게 보여야 할 애정과 관심을 수찬에게 은밀히 떠넘겼다는 걸.

수민은 자신이 남들보다 적은 양의 사랑을 가지고 태어난 사람이라고 생각해왔다. 그래서 애정을 베푸는 데 인색하고 설사 최대치를 주어도 상대방은 늘 부족하다고 느끼는 거라고 말이다. 누구에게도 말한 적 없는 수민만의 콤플렉스였다.

수민과 수찬은 무작정 엄마를 기다리기로 했다. 빌라 주변엔 인적이라곤 없었다. 바람이 차가워 차창을 내렸다 올렸다 했다. 생각에 잠긴 듯 보이던 수찬이 입을 열었다.

"예전에 내가 너 대신 반성문 써줬던 거 기억나?"

물론 기억하고 있었다. 프리랜서로 전향한 수민이 첫 외주 작업을 할 때였는데, 번역자와 트러블이 있었다. 수민이 교정지에 달아둔 물음표가 문제였다. 난해한 문장 옆에 무심결에 물음표를 달아두었는데, 얼마 뒤 출판사를 통해 번역자의 메일 한 통을 받게 됐다. 수민은 지금도 메일의 첫 문장을 기억하고 있었다.

'편집자님의 물음표가 저의 번역 전체를 부정하는 것 같아 괴롭습니다.'

의도를 알 수 없는 물음표로 인해 자신이 받은 고통과 모멸감을 구구절절 나열한 번역자의 메일 끄트머리에는 사과를 원한다는 문장이 적혀 있었다.

"그때, 네가 자기는 잘못했다고 절대 생각 안 한다고, 당연히 사과도 할 수 없다고 길길이 날뛰었잖아."

수민이 출판사에 작업을 그만두겠다고 연락하려던 것을 막은 사람이 수찬이었다. 그때 수찬은 무슨 일이든 첫 단추가 중요하다면서, 자신이 대신 사과 메일을 써줄 테니 좋게 넘어가자고 설득했다.

그때 무슨 생각을 했더라? 그의 선택적 융통성을 의아해했던가? 저 융통성이 수찬 자신의 일에도 발휘되었더라면 그의 잦은 이직이 조금은 줄어들지 않을까 아쉬워하면서 말이다.

"지나간 얘길 뭐하러 해?"

수민은 지금도 자신이 사과 메일을 쓸 만큼 잘못했다고 생각하지 않았다. 다만 그뒤로 교정을 볼 때마다 '친절해지자'고 되뇌게 되었다.

"그냥 네가 그런 사람인 게 좋았다고. 내가 채워줄 게 있잖아."

의도를 파악하기 어려운 말에 수민이 수찬을 빤히 바라보았다.

이상한 사람.

어쩌면 수민이 그를 선택한 건 그에겐 언제나 엉뚱한 구석이 있었기 때문일 것이다.


수찬과 연애를 한 지 일 년쯤 되었을 때.

지방에서 일을 하던 수찬은 주말이면 서울로 올라왔다. 잠실의 멀쩡한 본가를 놔두고 수민의 자취방에서 시간을 보내다 일요일 오후가 다 되어서야 돌아갔다. 둘은 일곱 평 남짓한 작은 원룸에서 삼겹살을 구워먹고 맥주를 마셨다. 노트북으로 영화를 보다가 싱글 침대에 나란히 모로 누워

잠이 들었다. 그 무렵 수찬이 가장 자주 했던 말이 '어디서 지내는지보다 누구와 함께 지내는지가 더 중요하다'는 것이었다.

함께 저녁을 먹고 동네를 크게 한 바퀴 돌던 느긋한 밤 산책길, 귀뚜라미 우는 소리와 서늘한 가을바람, 맞잡은 뜨거운 손에 마음이 풀어진 수민이 문득 중학교 때 이야기를 꺼낸 적이 있었다. 그 이야기를 다른 사람에게 한 건 그때가 처음이었다.

막 상경해 친구 하나 없이 한없이 막막하고 지루하기만 했던 서울에서의 첫 여름방학에 대해 가만히 듣고 있던 수찬이 입을 열었다.

"나한테 연락하지 그랬어."

"또 헛소리한다. 너한테 어떻게 연락을 해?"

수민이 바람 빠지는 소리를 내며 웃자, 수찬이 맞잡은 손을 세게 쥐었다.

"나 그때 혼자 있었거든. 우리 형 필리핀으로 어학연수 가서."

수찬이 웃음기가 가신 표정으로 말을 이었다.

"나한테 연락했으면 내가 같이 놀아줬을 텐데."

수민은 때때로 수찬과의 결혼을 예감했던 몇몇 순간들

을 떠올려볼 때가 있었다. 자신이 어떻게 그런 경솔한 결정을 내리게 되었는지를 되짚어보는 것으로 다시는 같은 실수를 반복하지 않기 위해서였다. 그리고 그날, 말끝에 '하루종일'이라고 덧붙이던 수찬의 진지한 얼굴은 결혼이라는 여정의 맨 앞에 놓여 있는 장면이었다. 꿈속을 헤매는 듯 천진한 표정을 지으며, 그가 단단한 인과의 세계를 부수고 자신을 예상치 못한 곳으로 데려가줄 것만 같아서.

어느덧 뉘엿뉘엿 해가 지고 있었다. 주위가 붉게 물이 들었다. 수찬의 뒤로 천천히 걸어오는 실루엣 하나가 수민의 눈에 들어왔다. 빛을 등지고 있어 작게 쪼그라든 형체가 조금씩 크기를 키워갔다. 바람막이 점퍼를 허리에 두르고 선 캡을 쓴 여자가 저만치서 걸어오고 있었다.

조
난

임정희는 요즘 들어 자주 샛길로 빠졌다.

매일같이 오가던 익숙한 등산로를 걷다가도 정신을 차리고 보면 인적 없이 나무만 빼곡한 숲 한가운데를 헤매고 있었다. 가파른 흙길을 기어오르기라도 했는지 손톱 밑에 까맣게 흙이 끼어 있곤 했다. 언젠가는 집이 흙탕물에 잠기는 꿈을 꾸다 깼는데, 일어나보니 실제로 온몸이 흠뻑 젖어 있던 적도 있었다. 유리창을 부수며 난폭하게 들이치던 물소리가 웅성거리는 사람들의 목소리로 바뀌는 순간, 눈앞이 순식간에 밝아졌다. 쏟아지는 햇빛에 도로 눈을 감자 손끝에 미지근한 바람이 감겨드는 것이 느껴졌다. 그제야 서서히 정신이 들었다.

계곡물에 빠졌었다는 것을 알려준 사람은 국립공원관리소의 직원이었다. 멀쩡히 등산로를 걷던 임정희가 갑자기 가파른 비탈길을 내려갔다고 했다. 뒤따라 걷던 등산객들이 임정희가 바위와 바위 사이를 뛰어넘다 미끄러져 물에 빠지는 것을 목격하고 허겁지겁 그녀를 건져올렸다. 물이 얕아 뇌진탕이 왔을 수 있으니 꼭 병원에 가보시라는 관리소 직원의 당부를 한 귀로 흘려들으며, 임정희는 계곡물을 바라보았다. 물이 저렇게 맑았어야 했는데. 그래야 길몽인데.

며칠 뒤 임정희는 언니들에게 그 이야기를 들려주었다. 언니들은 그녀가 이곳에 이사온 지 얼마 지나지 않았을 무렵, 북한산 둘레길을 오가다 친해진 무리였다. 한동네에 사는 네 명의 언니 모두 칠순이 훌쩍 넘은 나이였지만 눈이 오나 비가 오나 하루도 거르지 않고 산을 올랐다. 언니들은 이 동네엔 산 오르는 것을 목숨처럼 여기는 사람들 천지라고, 전부 산이라도 와야 숨통이 트이는 사연 있는 사람들이라고 했다. 그러니 어느 날 자신들 중 하나가 안 보이면 저세상 간 것으로 알라고 우스갯소리를 하기도 했는데, 임정희에게는 차츰 그것이 농담이라기보다는 암묵적인 규칙으로, 자연의 엄연한 섭리로 받아들여졌다.

임정희는 보통 아침밥을 챙겨 먹은 이후 움직였다. 요양보호사 일이 몸은 고되도 틈틈이 자유시간이 있어 다행이었다. 북한산성 입구인 대서문을 지나 한 시간여를 걸으면 곁길에 비스듬히 세워진 정자 하나가 나왔는데, 그곳에 가면 감자나 곶감을 먹으며 느긋하게 아침때를 보내는 언니들을 만날 수 있었다. 나란히 놓인 작은 발 네 쌍을 보고 있으면 덩달아 마음이 느슨해졌다.

물에 빠져 죽을 뻔한 것보다 한끗이 어긋나 돈 들어오는 꿈을 놓친 게 더 분하더라는 임정희의 말에 언니들이 저마다 토를 달았다. 누구는 그래도 같은 물이니까 좀 기다려보라고 했고, 누구는 외려 그런 꿈은 사고를 조심해야 한다고 했다. 언니들 중 하나가 자기는 대웅전 뒤로 후광이 비치는 꿈을 꾼 적이 있는데 이십 년이 지나도록 아무 일도 안 생기더라고 하자, 다른 언니가 말을 받았다.

"죽은 사람 보는 게 제일이야. 그만한 게 없어."

자연스레 이야기가 망자의 혈색과 행색으로 옮겨가는 동안 임정희는 살면서 자신이 꾼 길몽들을 떠올렸다.

지금도 기억나는 인상적인 꿈들이 더러 있었다. 그때마다 좋은 일이 일어났는가 하면 그건 아리송했지만, 아주 없었던 건 아니었다. 운좋게 녹즙 대리점을 인수받아 한창 돈을 만질 무렵에는 똥밭을 구르는 꿈을 자주 꾸었다. 뭐니

뭐니 해도 딸아이를 가졌을 때 꾼 태몽만큼 생생한 것은 없었다. 맑은 물에서 노니는 무지갯빛 잉어를 낚는 꿈이었다. 임정희는 귀한 것은 절대 입에 올리지 말라던 시어머니의 충고에 따라 지금껏 누구에게도, 심지어 딸 수민에게도 태몽을 알려주지 않았다. 절에 다니기 시작한 뒤로는 탐스러운 연꽃을 만지는 꿈을 꾼 적도 있었는데…… 그땐 어떻게 됐더라?

생각에 잠긴 임정희 앞으로 불쑥 손 하나가 다가왔다. 가장 연장자인 안나 언니가 임정희의 입에 떡을 밀어넣은 것이었다.

"그런데 자네는, 아직 젊은 양반이 벌써부터 정신을 놓으면 쓰겠는가?"

엉겁결에 받아먹은 절편은 냉동시킨 걸 따듯한 물에 녹인 거라 영 맛이 싱거웠다.

안나 언니는 처음 만났을 때부터 그녀를 애 취급했다. 그녀는 그런 취급을 받는 게 영 어색했지만 싫은 건 아니었다. 예순이 넘은 자신이 어딜 가서 막둥이 취급을 받는단 말인가? 임정희는 다친 곳은 없는지 팔을 더듬고 흐트러진 머리칼을 귀 뒤로 넘겨주는 안나 언니의 손길을 가만히 받았다.

"우리 신부님한테 기도라도 부탁해볼까?"

안나 언니는 산에서 종종 넋을 놓는다는 임정희의 말에 적잖이 신경이 쓰이는 눈치였다.

"저는 절에 다니잖아요."

"기도에 그런 게 어딨는가? 다 재량껏 하는 것이지."

임정희는 요즘 자신이 왜 샛길로 빠지는지 알 것 같았다. 이게 다 잡생각 때문이었다. 한번 생각에 빠지면 여기가 어딘지 무얼 하는 중이었는지 다 잊었다. 다행스러운 건 곧 정신이 돌아오긴 한다는 거였다. 물에 빠진 건 놀랄 만한 일이었지만 그 일에 비하면 새발의 피였다. 임정희는 요즘 하루에도 열두 번씩 죽고 싶었다. 그러다 죽어도 죽기 싫다는 생각으로 이어졌다. 누구 좋으라고. 임정희는 정신 똑바로 차리자고, 정신머리를 붙잡자고 스스로를 다독였다.

그래서 산에서 길을 잃은 지금, 그녀는 그때 자신이 신부님에게도 스님에게도 기도를 부탁하지 않은 게 깊이 후회되었다.


임정희는 오 남매 중 셋째였다.

위로 언니와 오빠가 하나씩 있었고 아래로는 남동생과 여동생이 있었다. 어릴 적 죽은 형제까지 합하면 그보다 더 많았지만 오래전 일이라 모두 잊었다. 형제들은 하나같이 성정이 순하고 소박했는데, 임정희만 투지도 욕심도 많아 가족들 사이에서 별종 취급을 받았다. 딸이라는 이유로 고등학교에 보내주지 않은 엄마를 돌아가실 때까지 원망한 사람도, 불행한 결혼생활을 박차고 나간 사람도, 연고 하나 없는 서울에 무일푼으로 상경한 사람도 모두 임정희가 유일했다. 그래서 형제들은 그녀를 이해하지 못했고 어떻게 위로해야 하는지도 알지 못했다. 하루 일과를 마치면 식탁에 둘러앉아 자신들의 노고로 일군 양식을 하나님의 공으로 돌리는 독실한 개신교도들인 그들이, 고난도 역경도 마땅히 하나님의 뜻으로 여기듯이 자신들이 살면서 얻은 정당한 노력의 대가도, 심지어 타인의 선의나 희생조차도 하나님의 은혜로 여기는 그들이 어떻게 임정희를 위로할 수 있단 말인가?

겁도 없이.

그건 임정희가 살면서 형제들에게 가장 자주 들은 말이었다. 그러나 임정희는 그 말을 들을 때면 형제들이 남보다도 못하다고 생각했다. 누구 때문에 이렇게 됐는데.

어린 시절 형제들이 과수원 오두막에 잠든 임정희를 내버려두고 갔을 때부터였다. 어둠과 적막에 휩싸인 사과밭

한가운데에서 깨어난 어린 임정희는 겁에 질려 울음을 터뜨리고는 언니와 오빠, 동생들의 이름을 번갈아 부르며 숲길을 허겁지겁 뛰어내려왔다. 풀벌레들, 밤새들의 울음이 비명소리 같았다. 누가 자꾸 발목을 잡아채는 것만 같은 두려움에 임정희는 셀 수 없이 고꾸라졌다. 땀과 흙먼지를 뒤집어쓰고 가까스로 집에 도착했을 때, 안방에 둘러앉아 볶은 콩을 먹고 있던 형제들이 임정희를 보더니 일제히 웃음을 터뜨렸다.

"쟤 머리털 좀 봐라. 똘이가 형님 하자고 하겠다."

언니가 아무 일도 없었다는 듯 흙 범벅이 된 임정희의 손에 누런 콩을 쥐어주었다. 오도독오도독. 귓가에 울리는 누군가의 콩 씹는 소리를 들으며 임정희는 앞으로 아무도 믿지 않겠노라고 다짐했다.

그 이후로 그녀에게는 누구에게도 말할 수 없는 것들이 생겨났다. 주로 실수나 실패에 관한 것들, 슬픔이나 두려움, 위로받고자 하는 마음 같은 것들이었다.


벌써 한 시간째 인적 없는 산길을 걷고 있던 임정희는 오늘 하루를 시작부터 되짚어보기로 했다. 그러다보면 자신이 언제 샛길로 빠지게 되었는지 알 수 있을 것 같았다.

그러면 돌아갈 길도 보이겠지 싶었다. 그러나 막상 떠올리려니 잘되지 않았다. 복기란 평소 임정희에게 익숙한 사고 방식이 아니기 때문이었다. 그녀에겐 언제나 해야 할 일들이 산적해 있었고 그중 대부분은 완성도보다 빠르게 해치우는 게 더 중요한 일들이었다. 속도전이야말로 그녀가 자신 있어하는 거였다.

임정희는 속도에 가장 방해되는 건 뒤를 돌아보는 행동이라는 것을 일찍 깨우쳤다. 그래서 무슨 일이든 빨리 배울 수 있었다. 어릴 땐 머리가 좋다는 칭찬도 자주 들었다. 중학교 때 꿈은 경찰이 되는 것이었다. 드라마 〈수사반장〉이 인기를 끌던 시절이라 임정희 말고도 주위에는 경찰이 되고 싶다는 아이들이 많았다. 주로 남자아이들이었지만 임정희는 그들보다 유능한 경찰이 될 자신이 있었다. 그녀는 또래에 비해 키가 컸고 힘이 셌다. 달리기도 빨라 늘 계주의 마지막 순번을 차지했다. 집에 TV가 없어서 〈수사반장〉을 본 것은 친척집에 갔을 때뿐이었지만 꿈을 키우는 데에는 아무런 상관이 없었다.

임정희는 특히 '처단'이라는 말을 좋아했다. 시시비비를 가리는 일이라면 일단 나서고 보았는데, 그래서인지 친구가 별로 없었다. 매번 입바른 소리만 해대는 게 재수없다고 뒷말을 하는 아이들도 있었다. 하지만 그건 오해였다. 그녀는 어릴 때나 지금이나 사람들이 자신을 곡해하는 게 억울했다. 다행히 그때와 달라진 게 있다면, 더는 뒷말을 하는 아이의 집에 찾아가 얼굴에 흙을 뿌리지 않게 되었다는 것이었다.

철든 뒤로 임정희는 속으로 삭이는 법을 배웠다. 한 살 터울의 남동생에게 밀려 고등학교 진학을 포기하면서 그녀는 강제로 경찰의 꿈을 접게 되었다. 집을 나가겠다고 울고불고하며 짐을 싸는 자신을 누구도 달래주거나 붙잡지 않아 더 빨리 포기할 수 있었다.

임정희는 인삼 농사를 짓는 큰오빠를 따라다니며 잡일을 했다. 수확철이면 상급품과 종삼으로 쓸 것을 골라내는 일을 했다. 뇌두가 불량하거나 잔뿌리가 온전치 않은 것들은 시내 한약방에 헐값에 넘겼다. 임정희의 어머니는 그러고도 남은 잔뿌리들을 모아 장에 나가 팔았다. 인삼더미를 머리에 얹은 어머니의 뒤를 더 큰 더미를 인 임정희가 뒤따랐다. 그녀가 밭에서 인삼 잔뿌리에 달라붙은 흙을 털어내는 동안 여동생이 고등학교에 진학했다. 인삼을 홍삼 공장에 대량 납품하게 되면서 살림이 나아진 덕이었다. 그사이 남동생은 다니던 고등학교를 관두고 방앗간에 취직했다.

그래도 임정희에겐 기회가 오지 않았다. 그녀는 매일 새벽
세시면 방앗간으로 출근해 묵묵히 쌀을 찌고 소를 체에 내
리는 동생을 떠올릴 때면 지금도 안쓰러운 마음보다는 사
나운 기분이 먼저 들었다. 그때 동생에게 빼앗긴 다른 인생
의 가능성 때문이었다.

기회가 누구에게나 공평하게 찾아오지 않는다는 사실에
울화가 치미는 날이면 임정희는 다 늙은 개 똘이를 데리고
하염없이 인삼밭을 돌았다. 아무리 늦은 밤에 돌아와도 그
녀를 염려하거나 반겨주는 법이 없는 가족들 사이에서 임
정희의 시간은 더디게만 흘렀다.

다행히 몇 년 뒤 그녀는 온전히 자신의 삶을 꾸릴 수 있
는 기회를 만났다. 스물두 살이 되던 해, 임정희는 남자 하
나를 소개받았다.

늘씬한 다리를 꼰 채 다방 소파 등받이에 기대어 나른하
게 커피잔 손잡이를 쥐던 남자. 매끈한 정장 구두와 그 위
로 살짝 보이던, 발목을 가볍게 조이는 섬세한 골지 무늬
양말. 임정희보다 열 살이나 많았던 그 남자가 그녀의 전남
편 양정수였다.

"뭔가에 단단히 홀렸던 게 틀림없어."

언젠가 임정희는 그 순간에 대해 수민에게 이야기한 적

이 있었다. 수민과 수찬이 데려간 환갑 기념 여행에서였다. 교토의 료칸에서 온천을 즐긴 뒤 보양식에 맥주를 마시며 기분좋게 취한 임정희가 푸념처럼 내뱉자 수민이 코웃음치며 말했다.

"엄마 완전 얼빠잖아."

"내가 무슨 남자 얼굴을 본다 그래?"

"엄마 얼빤 거 엄마만 모르네. 과거를 좀 돌아봐봐."

맥주 한 잔에 정수리까지 붉어진 수찬이 헤실거렸다.

"우리 수민이가 장모님을 닮았구나."

임정희는 그때 자신이 뭐라고 대꾸했는지 잘 기억나진 않았지만, 적어도 양정수의 경우에서만큼은 사실이 아니었다. 임정희가 그를 선택한 건 그가 가족 사이에서 물에 뜬 기름 같던 자신을 새로운 세계로 데려가주리라는 확신이 들었기 때문이었다. 완전히 다른, 그러나 자신에게 꼭 들어맞는 인생의 가능성.

그는 변변한 직업은 없었지만 돈 좀 있는 집이라는 소문이 들렸다. 계산을 마친 임정희는 결혼을 밀어붙였다.


그래서 하루가 어떻게 시작되었더라?

임정희는 정신을 다잡으며 선 캡을 고쳐 썼다. 날이 이상하게 더워져서인지 선 캡 안쪽이 땀에 젖어 축축했다. 조금만 긴장을 놓으면 금세 생각이 꼬리에 꼬리를 물고 이어졌다. 아마 그러는 동안 자신의 다리가 샛길로, 샛길의 샛길로, 그러다 사람이 아예 다니지 않는 산중으로 데리고 간 거겠지. 그러지 않고서야 이렇게 오랜 시간 사람 머리카락 한 올 보지 못할 수는 없었다. 큰 산이지만 큰 만큼 다니는 사람도 많았다. 그나마 다행인 것은 지금이 대낮이라는 점이었다. 휴대폰 액정이 오후 두시 삼십오분을 가리키고 있었다. 출발할 때 충전을 하고 나온 휴대폰 배터리가 벌써 아슬아슬했다. 임정희는 만약을 대비해 휴대폰의 전원을 끈 뒤 바지 뒷주머니에 넣고 걸치고 있던 바람막이 점퍼를 벗어 허리춤에 둘렀다. 돌아가야지. 돌아가서 할머니 기저귀도 갈아주고 사과도 강판에 갈아 먹여야지. 혼자 있으면 불안하기만 하고 자꾸 나쁜 생각이 들 테니까.

그런 생각이 들기 시작한 건 김사장과 연락이 완전히 끊긴 이후부터였다.

원래부터 연락은 그의 주도로 이루어졌다. 대체로는 그의 비서라는 사람들을 통해서였다. 임정희는 그에게 직접 연락하는 것이 조심스러웠다. 바쁜 사람이라서, 큰돈 만지는 사람이라서 그랬다. 그가 운용하는 자금의 규모에 비하면 임정희가 빌려준 돈은 푼돈에 불과했다. 그에게 돈을 빌려주고 높은 이율의 이자를 챙기는 사람이 한둘이 아니라는 말도 들었다. 그는 그 돈으로 땅을 사고 건물을 올려 더 큰 돈을 벌었다. 몇 차례 그를 만난 적도 있었다. 주로 돈을 빌려줄 때였다. 김사장은 친절하게 전후 사정을 설명하는 스타일은 아니었지만 그래서 더 믿음이 갔다. 그가 매달 이자로 답을 대신했기 때문이었다.

이자가 입금되지 않기 시작한 것은 임정희가 이전 집의 전세 보증금 일억 오천만원을 추가로 빌려준 직후부터였다. 그는 더 높은 이율과 함께 육 개월 뒤 모든 빚을 상환하는 것을 조건으로 내걸었다. 자기도 이렇게 높은 이자는 감당하기 어렵다면서 답지 않게 앓는 소리를 했다.

"사모님이 보통 돈독이 오른 분이 아니셔서."

임정희에게는 그 말이 어쩐지 칭찬처럼 들렸다. 그의 입에서 나온 말이어서 그랬을 것이다. 돈에 관해서라면, 그에게는 일종의 권위가 있었다.

처음 이자가 입금되지 않았을 때 임정희는 참을성 있게 기다렸다. 그는 지난 이 년간 한 번도 이자를 밀린 적이 없었다. 그러니 자신도 이 정도 믿음은 보여야 한다고 생각했다. 사업을 하다보면 돈줄이 막힐 때가 있으니까. 그녀는 대승적으로 생각하기로 했다. 임정희가 등산에 열을 올리게 된 것은 스멀스멀 밀려드는 불안함을 잠재우기 위해서였다. 그다음 달에도 이자가 입금되지 않은 것을 확인한 임정희는 그에게 따져 물을 확실한 명분을 얻었다고 생각해 전화를 걸었다. 김사장은 조금만 더 기다려달라고 했다.

"아주 꽝꽝 얼었습니다."

그는 자신의 자금난을 꽝꽝 언 땅에 비유했다. 그는 사 개월 뒤에는 꼭 상환하겠노라고 대답했다. 임정희는 기다리기로 했다. 그가 우는소리를 하니 외려 마음이 너그러워졌다. 그와 친분을 튼 게 얼추 칠 년이었다. 임정희는 그와의 관계를 자신의 조바심 때문에 어그러뜨리고 싶지 않았다. 당장 현금이 필요한 것도 아닌데. 임정희는 그를 의심하기보다는 믿고 싶었다. 그에게 준 돈이 너무 커서 그랬다.

그렇게 상환일이 다가왔지만 돈은 입금되지 않았다. 임정희는 한 달을 더 기다렸다. 그리고 기다릴 만큼 기다렸다고 생각한 그녀는 김사장에게 전화를 걸었다.

없는 번호라고 했다.

임정희는 그의 비서들에게 전화를 걸었다. 상황은 마찬가지였다. 김사장의 사무실도 그의 사무실을 들락날락하던 동업자들과 투자자들도 모두 물거품처럼 사라졌다. 그러자

단 한 사람만이 남았다.

임정희가 처음 김사장을 알게 된 건 칠 년 전, 인천 남동구의 재개발사업을 통해서였다. 그리고 그를 임정희에게 소개해준 사람이 바로 전남편 양정수였다.

임정희는 양정수와 살면서 세상에는 그처럼 모호한 방식으로 돈을 버는 사람도 있다는 것을 알게 되었다. 그는 그녀가 여태껏 실천한 경제활동 방식이, 그러니까 노동으로 생산한 재화를 돈으로 맞바꾸는 거래 방식이 미련하고 비효율적이라고 평가했다. 그러면서 큰돈을 벌기 위해서는 '비약적인 사고'가 필요한데, 그러려면 상상력이 중요하다고 했다. 부자가 되려고 노력하는 것이 아니라 이미 부자가 되었다고 믿는 것. 부자로서 세상을 바라봐야 비로소 발견할 수 있는 원석들이 있다고.

그래서인지 그의 주변엔 유독 '사장'이나 '회장'으로 통하는 사람이 많았다. 그의 설명에 따르면 모두가 '보통이 아닌' 인물들로, 회사명만으로는 그들이 운영하는 사업체의 종류를 짐작할 수 없는 게 대부분이었다. 그들이 부리는 직원들은 주로 이름이 아닌 '하마' '갈치' 따위의 별명으로 불렸는데, 그것 또한 그가 말하는 비약의 방식 같았다.

임정희는 그가 데려간 낯모르는 회장들의 가든파티에서 직원들과 함께 접시를 나르고 그의 부탁으로 누군가에게 서류나 돈을 전달하기도 했다. 그러는 동안 그는 장사를 하다가도 간헐적으로 집을 비우면서 몇 달에 한 번씩 그녀에게 목돈을 안겨주었다. 주로 '시세차익'이나 '투자' '커미션'과 같은 명목이 붙었다.

임정희가 그와 살면서 한 가장 그럴듯한 외출은 부부 동반으로 참석한 오성급 호텔 결혼식이었다. 무슨 캐피털 사장의 질녀라는데, 양정수가 그녀에게 소개해준 수많은 사장들 중 하나였다. 꽉 끼는 투피스 정장이 불편해 양팔을 들었다 내리기를 반복하는 임정희에게, 양정수는 터질 듯 돈을 욱여넣은 부조금 봉투를 양복 안주머니에서 꺼내 보여주며 이런 것을 '선물先物'이라 부른다고 했다. 어린아이를 가르치듯 나긋하고 고압적으로. 그리고 그것은 훗날 그가 주장하던 '비약'이 '비약적인 수입'뿐만 아니라 '비약적인 빚'에도 해당한다는 사실을 수차례의 경험을 통해 깨닫게 되었을 때, 그래서 마침내 그와 헤어지기로 결심한 순간, 임정희의 머릿속에 가장 먼저 떠오른 장면이었다.

별것도 아닌 게.

돌이켜보면 분했다. 별것도 아닌 게 나를 가르치려 들다니. 임정희가 이혼을 결심한 것은 그의 허황된 상상력이나 비도덕적인 경제활동 방식, 혹은 그로 인한 경제적 불안 때문이 아니었다. 온전히 그의 무능력 때문이었다. 가라오케와 당구장, 구제 명품 수입 사업이 차례로 망한 뒤 인맥을 동원해 가까스로 인수한 주유소를 말없이 팔아치우고는 경마에 전 재산을 쏟아부어 자기 식솔들을 길거리로 내몬 완벽한 무능력.

그래서였다. 칠 년 전 양정수가 시숙의 부고를 구실로 연락해왔을 때 임정희가 그를 경계하지 않았던 것은 그녀가 그를 여전히 '별것도 아닌 거'로 생각했기 때문이었다. 그 무렵 임정희는 어렵사리 모은 돈으로 아파트와 빌라 중 무엇을 사야 더 투자가치가 있을지를 저울질하고 있었다. 기왕 아파트를 살 거라면 서울에, 그것도 시세차익을 노릴 수 있는 지역에서 고르고 싶었다. 그러자니 돈이 모자랐다. 전세를 끼고 구입하거나 모자란 만큼 대출을 받아야 했는데, 두 경우 다 부담스러울뿐더러 그녀가 감당할 수 있는 금액의 매물은 부동산에 잘 나오지도 않았다. 빌라를 사는 건 영 성에 차지 않았다.

오랜 노고의 대가로 보다 확실한 보상을 원하고 있던 임정희에게, 양정수는 사과를 하고 싶다고 했다. 기회를 주고 싶다고도 했다. 그러면서 그간 자신이 만나온 사람들과는 '급이 다른' 인물이라고 김사장을 소개했다. 돈을 불릴 궁리로 밤잠을 설치던 와중에 양정수가 김사장에게로 놓아준 다리는 임정희에게 절묘한 선물膳物로 느껴졌다.

임정희는 김사장의 주도로 인천 재건축사업에 투자한 여덟 명 중 하나로 이름을 올리게 되었다. 상가건물을 짓고 분양을 해 차익을 얻는 간단한 방식이었다. 그녀의 투자금이 너무 적다며 난색을 보이는 것을 양정수가 친분을 이용해 밀어붙였다고 했다. 사람 하나 구제한다 생각하시라고, 혼자 딸 키우느라 고생 많이 한 여자라고 김사장을 설득했다고 했다. 읍소 끝에 계약이 성사되었다는 양정수의 말에 임정희는 얼마간의 커미션을 약속했다.

임정희는 자신이 그만한 그릇이 된다고 믿었다. 한 계단만 더 오르면 어쩌면 자신도 단숨에 '보통이 아닌' 인물들과 어깨를 나란히 할 수 있을지도 몰랐다. 이제 막 돈을 만지기 시작한 임정희는 자신감이 넘쳤다. 전남편과의 관계가 사업 파트너로 발전되었다는 사실 역시 나쁘지 않게 다가왔다. 게다가 그에게는 수민이 보고 싶으면서도 보고 싶은 내색을 하지 않을 정도의 염치가 남아 있었으니까.

임정희는 그와 재회한 날 카페에서 커피값을 계산하는

그의 지갑 안쪽에서 수민의 중학생 시절 증명사진을 발견했었다. 물론 그에게 아이를 보여줄 생각은 없었다. 아까웠다. 감히, 내 딸 수민이를.

아, 그렇지! 불현듯 오늘 아침 눈을 떴을 때가 떠올랐다. 움직이면 기억이 사라지기라도 할 듯 그녀는 멈춰 선 채 생각에 집중했다. 잠에서 깨어나자마자 가장 먼저 휴대폰을 확인했었다. 혹시 모를 연락을 기대해서였지만, 기다리는 연락은 없었고 어제 수민에게서 온 문자메시지만이 남아 있었다.

'우리 동네 라일락 구경해. 날 따듯해졌으니까 만나자.'

수민은 한번 내뱉은 말은 반드시 지켰다. 매사에 고지식하기만 해 키우느라 애를 먹은 적이 많았다. 초등학교 3학년 때였나. 종이접기반이었던 수민이 숙제를 하다 말고 잠이 든 적이 있었다. 물감으로 파랗게 칠한 바탕에 종이로 접은 수초와 물고기 두어 마리가 드문드문 붙어 있었다. 더 붙여야 할 것 같은데. 깊게 잠들었는지 깨워도 일어나지 않자 임정희가 비슷하게 물고기 몇 개를 접어 빈 곳에 채워넣었다.

아침이 되어서야 일어난 수민이 울고불고 소리를 지르며 스케치북에 붙은 물고기를 전부 떼어낸 것은 임정희가 예상치 못한 결과였다. 이건 자기 게 아니라나 뭐라나. 임정희는 아이가 유난스럽다고 생각했다.

"엄마 때문에 거짓말쟁이가 됐어!"

이제는 그때처럼 눈물을 뚝뚝 흘리지는 않겠지만, 임정희가 인천 투자 건에 대해 털어놓았을 때 순식간에 싸늘해지던 수민의 눈빛만은 모른 척하기가 어려웠다.

"엄마는 왜 이렇게 겁이 없어? 세상 무서운 줄을 몰라?"

수민은 당장 돈을 빼라고 성화를 부렸다. 임정희가 생각하기에 세상 무서운 줄 모르는 것은 수민이었다. 자기 엄말 이렇게 모르나. 겁이 없어서가 아니라 겁이 너무 많아서 그런 건데.

임정희는 이 년 전 언니가 유방암으로 죽었을 때를 떠올렸다. 언니가 죽고 나서 한동안 집에 들어가지 못한 건 지금까지 아무에게도 말하지 못한 비밀이었다.

무서워서였다.

청주에서 발인을 하고 서울로 올라와 안방 침대에 누웠을 때, 임정희는 어떤 시선을 느꼈다. 방문 너머로 누군가가 자신을 뚫어지게 바라보고 있는 것 같았다. 임정희는 곧바로 일어나 현관문의 잠금장치를 확인하고 발코니의 이중창과 커튼까지 꼼꼼하게 닫았다. 이 동네엔 좀도둑이 꽤 있었다. 잠을 자지 못해 예민해진 탓인가? 그러나 침대에 눕자 다시금 방문 너머로 집요한 시선이 느껴졌다. 은근한 원망이 담긴 눈빛. 누군지 알 수 없지만, 왠지 느낌이…… 언니 같았다.

그렇게 생각하자 무서움이 걷잡을 수 없이 커졌다. 임정희는 결국 방밖으로 나갔다. 부엌과 거실 전등, TV를 죄다 켜둔 채 밤새 집안을 서성였다. 해가 뜰 무렵 거실 구석에서 기절하듯 쪽잠이 든 그녀는 눈을 뜨자마자 간단한 옷가지 몇 벌만 챙겨들고 집을 나와 그길로 동네 모텔에 방을 잡았다.

그녀는 그 사실을 당시 사귀고 있던 남자친구에게도 말하지 않았다. 때때로 걷잡을 수 없이 밀려드는 막연한 두려움을 이해해주는 남자를, 임정희는 평생 단 한 명도 만나본 적이 없었다. 대신 아르바이트를 하는 동안 가능한 한 몸을 혹사시켰고, 마감 시간이 다가오면 근처 가게에서 족발을 사들고 와 사장 부부와 나눠 먹으며 퇴근을 끌었다. 일부러 보란듯이 크게 소리 내어 웃기도 했다.

다행히 시간이 지나자 조금씩 무서움이 가셨다. 살 만해지니 부끄러움이 몰려왔다. 아무리 그래도 언니를 무서워하다니. 그리고 그녀는 곧 언니를 두려워했다는 사실에 자신이 상처받았다는 걸 깨달았다. 그래서 아무에게도 말할 수가 없었다.

집으로 돌아온 뒤 임정희는 오래 슬퍼했다. 그녀는 은근히 언니를 무시해왔었다. 변변치 못한 남자와 결혼한 언니를, 없는 살림에도 거절을 못해 온 가족의 보험을 들고 강매당한 가습기와 화장품 따위를 장롱에 숨겨두었다가 형부에게 걸려 쫓겨날 뻔한 언니를 비웃었었다. 어디가 모자란 게 분명하다고, 나사가 빠져도 한두 개가 빠진 게 아니라고 다른 형제들에게 빈정거렸었다. 이제 와 돌이켜보면 후회가 되었다. 언니는 임정희가 상경할 때 형제들 중 유일하게 돈을 빌려준 사람이었다. 자신도 언니의 유약한 성정에 덕을 봤으면서. 그렇게까지 할 필요는 없었는데.

벌을 받고 있는 걸까? 그런 생각을 하면 막막해졌다. 이런 게 다 업보라면, 지은 죄가 가늠이 되지 않아서였다.

임정희는 뒷주머니에서 휴대폰을 꺼냈다. 딸아이에게 연락을 해볼까 싶었다. 지금이라도 털어놓을까? 이 일은 혼자서 조용히 만회하긴 어려웠다. 한편으론 수민에게 말한다 한들 무엇이 달라질까 싶기도 했다. 수민은 너무 엄격하고 고지식하기만 하니까. 사실 수찬이 저렇게 된 데에는 수민의 책임도 없지 않았다. 숨막혀서 어떻게 살겠어, 그 나무밖에 모르는 애가. 수민이 이혼한 저를 보고 자라는 바람에 똑같이 이혼하게 된 것 같아 미안한 마음이 들다가도 그녀는 매사 옳은 소리만 해대는 딸이 어렵고 야속했다.

임정희가 수민에게 말을 골라서 하게 된 건 그 때문이었다. 수민에게 투자 방식과 공사 일정, 이윤에 대해서는 설명했지만, 양정수에 대해서는 한마디도 하지 않았다. 해안 조망권 문제로 완공에만 적지 않은 시간이 걸린 건물은 너무 외진 곳에 있는 탓에 임대에도 난항을 겪었다. 계약 초반 지하철 개통 운운하던 이야기는 얼마 안 돼 쑥 들어가버렸다. 인내심이 바닥난 임정희는 상가건물의 분양이 완료되기 전에 투자금을 회수했다. 그녀는 다른 투자자들처럼 그 돈을 없는 셈 칠 수가 없었다.

중도 회수라 도리어 손해를 본 임정희가 그사이 끝 간데 없이 치솟은 집값에 망연자실해 있을 때, 구제책이 생겼다. 김사장이 그녀의 돈을 빌려가는 조건으로 고리대를 제안한 것이다. 그뒤로 김사장이 돈을 갚았다가 다시 빌리기를 반복하면서 돈놀이의 규모를 키워간 것도 수민에게는 말하지 않은 사실이었다. 그리고 김사장의 고리대를 처음 제안한 사람도, 전세 보증금까지 모두 김사장에게 맡기고

상주 노인 요양보호사로 입주하도록 부추긴 것도 모두 양정수의 짓이었다는 것을, 그녀는 수민에게 죽을 때까지 숨길 생각이었다.

임정희가 꺼진 휴대폰 액정을 만지작거리고 있을 때, 어디선가 부스럭거리는 소리가 들렸다. 소리가 나는 쪽으로 고개를 돌리자, 개 한 마리가 그녀를 바라보고 있었다. 아직 강아지 티가 가시지 않은 누렁이였다.

"이리 와."

임정희는 무심결에 손을 뻗었다. 웬 개가 산에 있나? 유기견인가? 임정희는 오래전 등산로에서 구조했던 개를 떠올렸다. 사람 손에 길러지다 사람 손에 버려진 개를, 바들바들 떨며 임정희의 품으로 들어오던 작은 몸과 뻣뻣하고 더러운 털을. 개는 데려올 때부터 나이가 많았는데, 임정희는 매일 황태 우린 물을 먹이고 강아지 전용 침까지 맞혀가면서 보살폈다. 침대 옆에 놔준 전용 계단을 부지런히 오르내리며 꼭 임정희 옆에서 잠들던 개는 사 년 뒤에 숨을 거뒀다. 그때 임정희는 많이 울었다. 다시 태어나면 내 딸로 태어나라. 숨이 꺼져가는 개에게 속삭이기도 했다.

가만, 내가 먹을 걸 가져왔던가? 오늘 아침 소포장된 쌀강정 하나를 챙긴 게 떠올랐다.

"어서."

임정희가 한 손으로 점퍼 주머니를 뒤지며 다른 손으로 재차 개를 불렀다. 손짓을 따라 등을 웅크리는가 싶더니, 한껏 귀를 젖힌 개가 이를 드러내며 으르렁거렸다. 제법 큰 송곳니에 덜컥 겁이 난 임정희는 뒷걸음질쳤다. 산에 들개가 출몰하니 유의하라던 뉴스가 그제야 생각났다. 개는 당장이라도 달려들듯 엉덩이를 빼고 고개를 낮췄다. 임정희는 뒷걸음질치면서 개에게서 시선을 떼지 않았다. 개가 시야에서 멀어지자 임정희는 달리기 시작했다. 심장이 터질 듯이 뛰었다. 그 소리가 너무 시끄러워 양손으로 귀를 막았을 때 임정희는 자신이 내리막길에서 미끄러져 엉덩방아를 찧었다는 걸 깨달았다. 불현듯 머릿속으로 어린 수민과 버스를 탔던 날이 스쳐갔다. 수민이 여섯 살쯤이었나. 양정수의 부탁으로 집 근처 은행에서 현금을 찾은 뒤 그가 운영하던 당구장으로 가던 버스 안이었다. 한참 말이 늘기 시작한 수민이 좌석 손잡이를 양손으로 쥔 채 끝없이 질문을 던졌다.

"엄마, 왜 버스 의자가 초록색이야? 엄마, 왜 차가 멈춰? 엄마, 왜 손잡이가 뜨거워? 엄마……"

재잘대는 목소리가 만원 버스 구석구석 스며들었다. 차

창으로 들이치는 한낮의 햇빛과 사람들의 열기에 잠에 취한 듯 머리가 몽롱해졌다. 버스 안내 방송에 정신을 차린 임정희가 무심결에 핸드백을 가슴 쪽으로 감싸안았는데, 핸드백 옆구리 아래가 칼로 길게 베여 있었다.

소매치기.

당황한 사이 임정희는 내려야 할 정류장을 지나치고 말았다.

"소매치기야!"

임정희가 뒤늦게 소리를 지르자 사람들이 웅성댔다. 임정희는 아무나 붙잡고 외쳤다.

"도와줘요, 여기 소매치기 있어요."

그때 뒷문 근처에 서 있던 남자가 퉁명스레 외쳤다.

"소매치기가 아직도 버스에 있겠소? 진작 내렸겠지."

혀를 차던 남자가 훌쩍 버스에서 내려서는 것을 멍하니 바라보던 임정희의 뒤에서 불쑥 안나 언니의 목소리가 들려왔다.

"자네는 아직 젊은 양반이 벌써부터 정신을 놓으면 쓰겠는가?"

임정희가 반사적으로 소리가 나는 쪽을 향해 고개를 돌리려고 할 때, 누군가가 그녀의 손을 가만히 붙잡아왔다.

한없이 부드럽고 따뜻한 체온에 아래를 내려다보자 수민이 가슴을 가로질러 메고 있던 동그란 분홍색 가방에서 무언가를 꺼내 임정희의 손바닥에 올려놓았다.

"엄마. 걱정 마. 나한테 돈 있어."

작게 접힌 오천원짜리 지폐 한 장이 미지근한 온기를 품고 있었다. 모서리에는 평소 수민이 갖고 놀던 익숙한 보석 스티커가 반짝였다.

아이가 속삭이듯 말했다.

"칼에 찔린 게 엄마가 아니라서 정말 다행이야. 엄마가 다치지 않아서 정말 다행이야."


고개를 들자 곧게 자란 나무 기둥이 임정희의 앞을 가로막고 있었다. 나무 기둥 뒤에 빽빽하게 들어찬 수많은 나무들 틈으로 조금씩 기울어가는 누런 빛이 들이쳤다. 그때, 저 멀리서 희미한 소리가 들려왔다. 임정희는 차오르는 숨을 몰아쉬며 소리에 귀를 기울였다. 작긴 했지만 분명히 물소리였다.

임정희는 물소리가 들려오는 쪽으로 방향을 틀었다. 산에서 길을 잃으면 물을 따라가라던 언니들의 말이 떠올랐다. 바지 뒷주머니에 넣어둔 휴대폰을 꺼내 전원 버튼을 눌렀다. 느리게 전원이 켜진 휴대폰이 다섯시를 가리키고 있었다. 이런, 할머니가 한참 찾고 있겠네. 액정 위로 문자메시지가 우수수 쏟아졌다. 죄다 수민에게서 온 거였다.

'엄마, 어디야?'

'나 쳐들어가는 중.'

'엄마 집으로 와. 나 여기 있어.'

'무슨 일 있는 건 아니지?'

문자메시지를 가만히 들여다보던 임정희는 금방이라도 터질 것 같은 눈물을 꾹 참으며, 키패드를 누르기 시작했다.

빛의

자리

숙려 기간이 끝나고 이혼이 확정된 뒤 수민이 가장 먼저 한 일은 신발장을 버리는 거였다. 대신 자그마한 신발 거치대를 장만했다. 실내화 하나, 정장용 단화 하나, 새로 구입한 러닝용 운동화 하나가 수민이 가진 신발의 전부였다. 수민은 그걸 보는 게 좋았다. 간소하게 사는 건 수민의 오랜 바람이었으니까. 그뒤로도 수민은 틈틈이 물건들을 정리했다. 더이상 읽지 않는 책들을 헌책방에 팔고 수찬의 피규어가 진열되어 있던 장식장과 한 번도 쓴 적 없는 놋그릇 세트를 싼값에 지은에게 넘겼다. 입지 않는 옷도 모두 처분했더니 오천원을 벌었다. 수민은 그 돈으로 대용량 쓰레기봉투를 산 뒤 거기에 더 많은 물건들을 담았다. 드레스룸 선반에서 잊고 있던 원앙금침도 발견했다. 붉은색과 연두색이 배합된 목화솜 이불로 신혼 초 엄마가 사다준 거였는데, 한동안 그걸 볼 때마다 수찬이 키득댔던 기억이 났다. 색이 좀 야릇하지 않으냐면서, 이걸 덮으면 뭐라도 열심히 해야 할 것 같지 않으냐고 은밀한 눈빛을 보내면서 말이다. 더위를 많이 타는 수민 때문에 실제로 덮은 건 며칠 되지 않았다. 이불을 버릴지 말지 고민하던 수민은 그대로 남겨두기로 했다. 그와의 추억이 소중해서가 아니라 엄마가 선물한 것이기 때문이었다. 지금 수민의 삶에서 가장 중요한 사람은 엄마였다.

쓰레기를 버리고 오는 길, 수민은 엄마에게 전화 걸었다. 요즘은 특별한 용건 없이도, 별로 할말이 없어도 전화 걸었다. 분리수거장을 오가는 짧은 동안에도 귀밑머리에서 땀이 흘렀다. 찜통같은 날씨였다.

"뭐해?"

"입출금 내역서 보고 있었어."

엄마는 김사장을 상대로 소송을 준비하고 있었다.

수민은 지난 늦봄 수찬과 함께 엄마를 찾아간 날 멀리서 다가오던 나이든 여자를 떠올렸다. "남의 집 앞에서 뭣들해?"라고 천연덕스럽게 말하던, 수민의 기억보다 조금 더

늙고 지친 모습. 수민은 그날, 그 빌라가 사실은 엄마가 지인에게 부탁해 위장 전입한 명목상의 주소지였다는 것을 알게 되었다. 오래전 손해를 보고 인연을 끊은 줄 알았던 김사장과 계속해서 돈거래를 하고 있었다는 것도, 그에게 한 달에 사백만원의 이자를 받기로 하고 전 재산을 빌려줬다는 것도, 다 잃었다는 것도, 어느 돈 많은 할머니 집에 입주 요양보호사로 들어가 똥오줌 통을 갈아주고 팔다리를 주물러주고 머리를 빗겨주고 몸을 닦아주고 한없이 느린 끝말잇기를 해준다는 것도. 그리고 또 무엇이 있을까? 수민은 뒤늦게 무언가를 알게 될 때마다 자신이 아직 모르는 것들에 생각이 미쳤다.

"그런 것도 엄마가 직접 해야 해?"

"그럼 누가 해? 내가 한 일이니까 내가 알지."

이 모든 것들을 혼자 결정했듯 엄마는 얼마 전 지인에게 소개받았다는 변호사를 만났다. 변호사가 사기꾼은 아닌지, 변호사를 소개한 지인이 사기꾼은 아닌지 의심하는 수민에게 엄마가 잘라 말했다.

"이래 봬도 법무법인이야. 건물이 으리으리하더라."

법무법인이라 그런가. 수민의 생각보다 의뢰인이 챙겨야 할 일이 많아 보였다. 수민은 한 번도 상상해본 적 없는 이 일이 멀게만 느껴지다가도 지난봄 맞닥뜨린 엄마의 모습이 떠오를 때면 불쑥불쑥 화가 치밀었다. 넘어지기라도 했는지 엉덩이와 한쪽 허벅지가 흙 범벅이 된 채 터덜터덜 걸어오던 엄마를, 수민이 다가가 옷을 왜 이렇게 얇게 입고 다니느냐며 흙을 털어주자 멋쩍게 웃던 붉게 튼 얼굴을, 일이 좀 생겼다는 담담한 말투와는 달리 나뭇잎처럼 파르르 떨리던 목소리를 떠올릴 때면 수민은 마음 한 켠이 도미노처럼 와르르 무너지는 것 같았다. 사는 게 원래 이런 건가. 이렇게 초라해져도 되나.

"내가 도와줄까? 나 이래 봬도 편집자 출신이야."

잠시 말이 없던 엄마가 대답했다.

"내가 할 수 있어. 내가 할 거야."

*

정우 선배에게서 SNS로 장문의 메시지가 온 것은 수민이 '엔리케 그라나도스는 여행을 좋아하지 않았다'라는 문장으로 시작되는 연주회의 프로그램북을 보고 있을 때였다. 오래전 본 공연이었는데, 연주회에 다녀올 때마다 모아둔 프로그램북 사이에서 밝은 오렌지색 표지가 눈에 띈 거였다. 연주 리스트를 살펴보다보니 공연 내용이 기억났다. 엔리케 그라나도스가 작곡한 일곱 개의 곡을 인터미션 없이 칠십여 분에 걸쳐 연주한 피아니스트는 기나긴 박수 세례를 받으며 대기실과 무대를 서너 차례 오가면서도 끝내 앙코르 요청에는 응하지 않았다. 앙코르곡이 본 공연의 여운을 해칠지도 모른다는 듯이, 이해해달라는 듯 오른손을 왼쪽 가슴에 얹고서.

수찬을 통해 소식을 들었다는 정우 선배는 격조했던 최근 몇 년간의 일들을 간단히 요약했다. 아들이 올해 학교에 들어갔다든가, 남편이 폐암에 걸렸는데 초기에 발견해 다행이라든가, 햇빛이 폐에 좋다는 말에 매일 일광욕을 하는데 이젠 피부암이 걱정이라든가 하는 내용이었다. 누구에게나 시련을 준다는 점에서 삶이란 얼마나 지독히 공평한가를 이야기하던 선배의 메시지는 이렇게 마무리되었다.

'너희의 결정을 존중하고 늘 응원한다.'

한동안 메시지를 들여다보던 수민은 다시 프로그램북으로 시선을 돌렸다.

여행을 좋아하지 않았던 스페인 출신의 작곡가 엔리케 그라나도스는 일생에 단 두 번 고국을 떠났다. 스무 살 때 떠난 파리 유학은 장티푸스를 앓는 바람에 실패로 끝났다.

두번째이자 마지막 여행은 마흔아홉 살이 되던 해 봄, 오페라 초연을 위해 미국으로 떠났을 때였다. 1차세계대전 도중이었다. 이례적이었던 여정에서 돌아오는 길, 그라나도스와 그의 아내가 탄 여객선이 독일 잠수함의 공격을 받았다. 배가 반으로 갈라졌지만 그라나도스는 운좋게 구조되었다. 하지만 그의 아내는 아니었다. 그라나도스는 물에 빠져 허우적대는 그녀를 구하려 물에 뛰어들었다가 함께 익사하고 말았다. 프로그램북에는 그라나도스가 본래 배를 유난히 무서워했다는 설명이 덧붙어 있었다.

이 글의 방점을 미리 감지된 비극에 찍어야 할지, 죽음의 공포를 넘어선 사랑에 찍어야 할지를 두고 고민하던 수민은 이 모든 정보를 공연이 끝난 뒤에야 알게 되었다는 또하나의 사실을 기억해낼 수 있었다. 수민은 그때 아무것도 모른 채, 심지어 작품에 붙은 '고예스카스'라는 제목이 '고야풍의'라는 뜻으로 고야의 그림에서 영감을 받아 쓴 곡들이라는 사실조차도 알지 못한 채 연주회를 관람했는데, 이렇게 앞뒤 없이 공연을 관람하는 것은 어학연수 시절 생긴 버릇이었다.

그 시절을 새삼 돌이켜보았을 때 가장 먼저 떠오르는 건

시간이 한없이 느리게 흐른다는 감각이었다. 지루해서가 아니라, 동체 시력이 뛰어난 궁사가 쏜살같이 스치는 화살의 속도를 일반인보다 느리게 체감하듯 시간이 또렷하게 감지되는 느낌이랄까.

수민은 매일 네 시간의 어학원 수업이 끝나면 별도로 글쓰기 특강이나 예술사 공개강좌를 신청해 들었다. 중고급반을 위한 수업이라 '초현실주의'니 '아방가르드'니 하는 대학 교양 수업에서 들었던 단어 몇 개만을 간신히 주워들을 수 있었다. 그러고도 시간이 남았다. 그 시기는 수민의 인생에서 거의 유일하게 돈 걱정을 하지 않았던 때이기도 했다. 가계에 숨통이 트인 엄마가 매달 생활비를 보내준데다가 아르바이트로 모아둔 돈도 적지 않았다. 어학연수의 목표는 프랑스어에 익숙해지는 것이었지만 실천은 생활 속에 매몰되어, 수민은 마치 세부 사항 하나하나가 확대되는 중인, 그래서 끝없이 확장되어가는 거대한 풍속화의 세계에 들어온 것만 같았다. 수업이 끝난 뒤엔 근처 공연장의 매표소 앞을 서성였다. 곡이나 연주자에 대해 잘 모르면서도 그랬다. 운이 좋으면 싼값에 공연을 볼 수 있다는 사실이, 그리고 그런 경험이 마냥 좋았기 때문이었다. 죄다 한국에 한 번 내한할까 말까 한 연주자들이었다는 건 귀국하고도 꽤 시간이 지난 뒤에야 알게 되었다.

공연 시작 직전 취소표와 시야 제한석의 표가 헐값에 풀린다는 사실을 알려준 사람이 정우 선배였다. 학생 할인을 받으면 푯값이 샌드위치 하나 가격 정도로 떨어진다고 말이다. 선배는 '할인'이나 '공짜'에 관한 것이라면 무엇이든 잘 알고 있어야 한다면서, 그건 유학생의 권리가 아닌 의무라고 가르쳐주었다. 이곳에서 지내다보면 하루에도 열두 번씩 마주치게 되는 것들, 이를테면 자기 나라에 눌러살까 싶어 가자미눈을 뜨고 바라보는 관공서 직원들이나 순진무구한 표정으로 '창녀' '씨발년' 따위의 욕설을 내뱉는 어린 아이들, 쉴새없이 캣콜링을 하는 길거리의 남자들을 매일같이 감내해야 하는 극동아시아 여성 유학생에게 이 도시의 문화예술을 학생 할인가로 소비하는 행위는 향유라기보다는 투쟁에 가깝다고 말이다.

수민이 한국으로 돌아간 이듬해, 정우 선배는 보자르에 입학했다. 그리고 다음해 여름 바캉스를 맞아 한국에 들어왔다. 사 년이나 어학원을 전전한 탓에 가족 볼 면목이 없다는 이유로 고국땅을 밟지 못하다가 보자르에 입학한 이후에야 비로소 기나긴 유배 생활에서 잠시 벗어나게 된 거였다.

수민은 그때 종로의 닭한마리집에서 선배를 다시 만났다. 갓 정규직이 된 수민은 선배를 좀더 좋은 곳으로, 오랫동안 편하게 대화를 나눌 수 있는 한정식집이나 레스토랑으로 데려가고 싶었지만 몇 년 전 방영된 한국의 예능 프로그램에서 처음 본 닭한마리를 꼭 먹어보고 싶다는 선배의 간절한 바람으로 수민의 계획은 무산되었다.

양푼에 담긴 닭을 가만히 바라보던 정우 선배의 표정. 종업원이 냄비에 통째로 놓인 닭을 집게로 들어올려 가위로 능숙하게 분해하는 것을 빨려들어갈 듯 지켜보던 선배의 양볼이 가스버너의 열기 탓에 붉게 달아올라 있었다. 수민이 오랫동안 제대로 된 김치를 먹어보지 못했을 선배 쪽으로 반찬 그릇을 밀어주자 주위를 두리번거리던 선배가 수줍게 입을 열었다.

"수민아, 한국은 닭이 참 작고 이쁘다."

*

수민의 시선이 '엔리케 그라나도스는 여행을 좋아하지 않았다'라는 문장에 오래 머문 건 그 연주회로부터 얼마 지나지 않아 정우 선배를 만나러 경주에 가게 되었기 때문이었다. 그라나도스가 여행을 좋아하지 않았던 것은 사실일까? 어쩌면 그 글은 우연을 운명으로 과장하여 삶을 의미화하려는 전기적 시도에 불과한 것인지도 몰랐다. 설사 그가 여행을 싫어한 것이 사실이더라도 그것은 여행이 자신의 삶을 송두리째 날려버릴지도 모른다는 두려움 때문이 아니라 단지 낯선 환경의 번거롭고 통제되지 않는 가변적 요소들이 불편했기 때문이라고 말이다.

여행이 삶을 변화시킬지도 모른다고 믿었던 사람은 다름 아닌 수민 자신이었다. 어학연수를 가기로 마음먹은 것은 그런 기대감에서였다. 그러나 서울로 돌아왔을 때 수민을 기다리고 있던 것은 떠나기 전 그대로인 작은 방과 친한 동기들이 모두 졸업해 낯설어진 학교뿐이었다. 일 년간의 경험이 수민에게는 모험이었을지 몰라도 주변 사람들에게는 흔하고 평범한 일화에 불과했다. 어학연수를 다녀온 사람은 과에도 여러 명이었으니까. 프랑스어가 유창해지기에는 시간이 부족했고 친구들이 기대했던 낭만적인 연애는 시작조차 해보지 못했다.

복학한 수민에게 교수는 두 발을 땅에 잘 디디고 있어야 한다는, 그래야 길을 잃지 않는 법이라는 두루뭉술한 조언을 해주었는데, 그 말을 자기 식대로 해석한 수민은 4학년 마지막 학기 도중에 계획에 없던 출판사 인턴 생활을 시작했다. 이후로도 한동안은 현실을 인식해야만 하는 순간에 부딪힐 때마다 노교수의 느리고 모호한 목소리를 떠올렸다. 그러는 동안 파리에서의 시간은 앞으로의 삶에 다시없을 이례적인 기억으로 포장되어 일상의 바깥으로 밀려났다. 물론 그 과정에는 얼마간의 상실감이 뒤따랐다. 두고 온 것이 있다는 착각도 들었다. 그러나 머지않아 그 모든 게 추억이 되었다.

마케팅팀이 따로 없는 작은 출판사라 편집부인 수민이 대형 서점의 MD를 만나기 위해 동분서주하던 시기에도, 대기석에 앉아 짧은 시간 안에 MD에게 책을 어필하기 위해 메모지에 적어온 문장을 외우고 또 외우며 긴장으로 손을 덜덜 떨던 때에도 수민이 파리에서 알고 지낸 이들 모두는 아직 학생이었다. 수민은 드문드문 주고받은 정우 선배와의 메일을 통해 수찬에게 중국인 여자친구가 생겼다는 소식을 들었다.

수민이 교정지에 둘러싸인 채 끙끙대느라 얻은 경부통과 함께 서른하나라는 나이를 맞이했을 무렵, 정우 선배는 프랑스의 한 재단에서 수여하는 미술상을 받게 되었다. 스페인과 네덜란드에서 열린 자신의 전시회 기사가 실린 신문의 링크를 보내주면서 주택 청약이니 보장성 보험이니 하는 어디서 주워들었는지 모를 단어를 나열하며 조언을 덧붙이는 선배가 웃기기도 했다. 그림 말고는 아무것도 모르는 사람이.

수민은 하루하루가 신나는 모험으로 이루어진 듯한 선배의 메일을 받을 때면 자신이 어떤 종류의 어른이 되어가고 있다고 느꼈다. 그건 성장과는 무관한 감각으로, 수민은 언젠가 국어사전을 보다가 딱 떨어지는 단어 하나를 발견할 수 있었다. 오래 묵은 이끼를 뜻한다는 '구태'였다.

*

"이게 몇 년 만이야?"

경주역에 도착한 수민은 정우 선배의 다정한 환영 인사를 받았다. 한국에서 선배와 재회한 지 육 년 만이었다. 선배가 자연스럽게 수민의 어깨를 감싸며 양볼에 가볍게 입을 맞췄다. 정작 파리에서 함께 지낼 땐 낯간지럽다며 한번도 하지 않던 프랑스식 인사였다.

"선밴 프랑스 사람 다 됐네."

한여름에 검은색 모슬린 머플러를 두르고 긴 머리를 느슨하게 틀어올린 선배는 블랙 진에 플랫슈즈를 신고 있었다. 오래전 모습과 크게 다르지 않은 그 차림새가 어쩐지 이곳에선 이질적으로 느껴졌다. 선배 뒤로 잘 닦인 길을 따라 놓인 어린 동백들이 눈에 들어왔다. 윤이 나는 작고 단단한 잎들이 붉은 열매 아래 켜켜이 쌓여 있어, 마치 귀한 것을 떠받들고 있는 모양새였다.

수상을 계기로 한국의 기획 전시회에 참여하게 된 선배는 개최 한 달 전에 미리 귀국한 상태였다. 전시회는 안국동의 오래된 목욕탕을 개조한 갤러리에서 열릴 거라고 들었는데 어쩐 일인지 인천공항에 도착하자마자 곧바로 경주로 내려와 있었다. 자길 보러 오라는 정우 선배의 제안에 수민은 선배를 보고 싶은 마음과 핑계를 대고 싶은 마음이 교차했다. 메일을 주고받긴 했지만 얼굴을 못 본 지 너무 오래되어 막상 만나면 반가움보단 어색함이 더 클 것 같았다. 어쩌면 선배와는 사는 곳도 하는 일도 너무 달라졌다는 걸 수민 스스로 의식하고 있었던 때문인지도 몰랐다. 파리 근교의 오베르쉬르우아즈로 집을 옮긴 선배가 동거하는 남자친구와 저녁 산책을 하며 마을 곳곳에 남은 고흐의 자취를 발견하는 동안, 수민은 퇴근길에 사온 순대나 찐만두를

안주 삼아 캔맥주를 마시며 인터넷 쇼핑몰을 검색하는 것
으로 하루의 피로를 풀었으니까.

그래도 선배의 제안은 거절하기가 쉽지 않았다. 그 시절
수민은 정우 선배에게 받은 게 많았다. 수민은 외근을 마치
고 회사로 돌아가는 버스 안에서 정우 선배의 메일을 다시
읽었다. 광화문에서 종로5가까지 한없이 느리게 움직이는
버스의 맨 뒷좌석에 앉아 창밖으로 지나가는 금은방들을
바라보았다.

Tu me manques.

보고 싶어.

수민은 정우 선배가 편지 끝자락에 적어넣은 문장을 속
삭이듯 발음해보았다. 직역하면 '나에게 네가 없어'라는 뜻
으로, 'manquer'라는 동사 안에는 '결핍'이라는 의미가 들
어 있다. 그러니까 그리움에는 반드시 결핍이 수반되는 것
이다. 네가 내 곁에 없어서, 혹은 내가 있어야 할 자리에 내
가 없어서.


경주에 온 지 일주일째라는 선배는 익숙하게 택시 정류
장으로 수민을 데려갔다.

"그림은 어디에 있어?"

수민은 정우 선배의 그림을 실제로 본 적이 없었다. 선배가 보내준 기사 사진에 갤러리 한쪽 벽면을 가득 채운 대형 작품이 찍혀 있긴 했지만 초점이 흐려 잘 보이지 않았다. 같이 살 때 본 거라고는 손바닥만한 종이 쪼가리에 그린 아크릴화 몇 점이 전부였다. 그때 정우 선배는 그걸 포트폴리오랍시고 자랑했었는데, 수민은 그림에 대해 잘 모르면서도 내심 선배가 나이 제한에 걸려 영영 보자르에 입학하지 못하게 될까봐 걱정했었다.

선배는 그 시절을 의식하듯 규모가 큰 작업을 했다. 그림을 한국에 어떻게 갖고 들어가야 할지 모르겠다고 푸념을 늘어놓은 것이 수민과 마지막으로 주고받은 메일의 내용이었다.

"와꾸 뜨러 보냈지. 그것 때문에 여기까지 내려온 건데."

정우 선배는 경주에 아는 사람이 있어 장인을 소개받았다고 덧붙였다.

"와꾸를 뜨다니?"

운이 아주 좋았다는데도 수민이 잘 알아듣지 못하자 선배는 전시회 준비차 내려왔다고 대강 설명했다.

"수민아, 콩국이라고 알아? 도너츠랑 날계란 풀어 먹는 건데."

어쩐지 잘 상상되지 않는 조합에 수민의 얼굴이 찌푸려
지자 정우 선배가 수민의 볼을 쓸었다.

"여전히 애기 같네."

"그럴 리가 없잖아."

자신을 어린애 취급하는 것은 예나 지금이나 정우 선배
뿐이었다.

"니 새벽마다 큰 소리로 동사 변화표 읽었잖아. 애기들
천자문 외는 것처럼."

선배는 수민의 목소리가 점점 커지는 바람에 나중에는
아랫집에서 한소리 들을까 겁이 났다고 말을 이었다.

"내가?"

그건 처음 듣는 이야기였다. 아침마다 동사 변화형을 쓰
고 외우는 게 수민의 하루 일과이긴 했다. 그래도 작게 속
삭이는 정도였는데. 그건 아마 그 집의 독특한 구조 탓이었
을 거다. 방문이 없었으니까. 선배가 방에서 요거트 병을
숟가락으로 닥닥 긁는 소리가 수민의 방에까지 들릴 정도
로 사생활이랄 게 없는 집이었다. 그 집에서 문이라곤 화장
실 문이 전부였다. 그래서 없는 문 값만큼 월세가 저렴했던
건 장점이었고.

멋쩍어진 수민이 창밖으로 고개를 돌렸다. 역에서 제법

벗어났는데도 도로 양옆으로는 여전히 허허벌판이 펼쳐졌
다. 차창으로 경주역에서부터 이어진 교목들이 땡볕을 받
고 서 있는 모습이 눈에 들어왔다. 단정한 인상의 도시는
무엇보다 깨끗했다. 너무 깨끗해서 주변에 건물이 하나도
없을 정도였다.

"배롱나무."

들려오는 목소리에 수민이 정우 선배 쪽으로 고개를 돌
렸다. 더운 날씨 탓인지 짙게 그린 아이라인이 번져 눈 주
위가 거뭇했다.

"네가 계속 보고 있는 거, 배롱나무."

아아.

수민이 다시 고개를 돌렸을 때, 저멀리 오래된 가옥들이
하나둘 나타나기 시작했다.

*

"저거, 석류 아냐?"

게스트하우스에는 뒤뜰이 딸려 있었다. 연못과 관목 몇
그루로 구색을 갖춘 정원은 아기자기하고 어딘가 이국적인
분위기가 났다. 연못 옆엔 이 미터 남짓한 아담한 나무가

있었는데, 덜 여문 석류가 듬성듬성 매달려 있었다. 헤벌어진 열매의 꼭지가 꼭 터진 풍선 같았다. 태어나서 석류나무를 처음 본 수민이 혼잣말을 내뱉었다.

정우 선배는 쪽마루에 걸터앉아 누군가와 전화통화를 하고 있었다. 얼핏 들리는 말로 보아 남자친구인 것 같았다.

수민도 선배를 통해 그에 대해 몇 가지 들은 바가 있었다. 독일인 어머니와 프랑스인 아버지 사이에서 태어나 고등학교 때까지 스키 선수로 활동하다 열일곱 살에 척추를 크게 다치는 바람에 운동을 그만두게 되었다든가, 진로를 틀어 대학에서 수학을 전공한 뒤 지금은 고등학교 교사로 재직중이라든가 하는 것들이었다. 연애 초기엔 그에 대한 사소한 불평불만을 털어놓은 적도 많았다. 친구와 포르투갈로 여행을 다녀온 그가 선물이랍시고 서점 로고가 박힌 열쇠고리 하나만을 달랑 주더라는 이야기는 꽤나 인상적이어서 수민의 기억 속에 그를 대표하는 일화로 남아 있었다.

"하여간 프랑스 놈들은 다 왜 그러는데. 쪼잔하게."

하도 신중하고 경건한 태도로 건네길래 프러포즈 반지라도 주는 줄 알았다는 선배는 처음엔 자신을 두고 친구와 여행을 간 것부터가 생각할수록 괘씸하다고 했다가 나중엔 열쇠고리를 준 건 작은 선물을 나누는 프랑스인들의 소박한 풍습이라고 해명했다. 그러다가 그와의 연애가 안정기에 접어들자 검소하고 가정적인 성격이 장점이라고 말을 바꿨다.

그 밖에 선배가 그에 관해 들려주는 이야기는 대체로 내밀한 감정과 관련된 것들이어서 수민이 공감하기 어려운 때가 많았다. 선배는 그의 전부를 사랑하는 건 아니지만 그가 겪은 비극이 그를 사랑스럽게 만든다고 말했다. 그가 자신에게 잘못을 저지를 때면 선배는 스위스로 전지훈련을 갔다가 산 절벽에서 추락해 육 개월간이나 병원에서 꼼짝없이 누워 있어야 했던 열일곱 살의 그를 떠올린다고 했다. 평생 걷지 못할까봐 두려움에 떠는 소년을, 밤이면 고통에 일그러지는 그의 앳된 얼굴을 상상하다보면 자연스레 마음이 누그러진다고. 그 시절 자신이 곁에 있어주지 못한 것에 대해 죄책감이 들기 때문이라고 말이다. 알지도 못했던 사람 곁에 어떻게 있어줄 수 있냐고 수민이 황당해하자 선배가 말했다.

"수민아, 원래 사랑은 시공을 초월하는 거란다."

그의 척추를 따라 길게 이어진 흉터를 매만질 때마다 그 결함이 마치 자신이 비집고 들어갈 수 있는 틈처럼 느껴지다던 선배는 일 년 전, 남자친구와 시민연대계약을 맺었다.

그 무렵 수민 역시 열 살 많은 남자와 연애를 했지만 반 년쯤 만나고 헤어졌다. 많은 나이와 경험을 내세워 매사 자 신을 가르치려 드는 그와의 데이트가 업무의 연장처럼 피 로하게 느껴졌기 때문이었다.

종교적 차원으로 승화된 정우 선배의 경우에 비하면 수 민의 연애는 현세적이라 할 만했다. 연애가 흐지부지 끝나 서인지 잊을 만하면 그 남자에게서 연락이 왔다. 전부 늦은 밤이었다. 심심해서 그냥 찔러보는 거구나 싶어 어느 날 번 호를 차단해버렸다. 그 이후론 소개팅 제안이 들어와도 시 큰둥하게만 반응했다.

수민이 경주에서 정우 선배를 만났을 땐 서른하나라는 나이에 도달해 인생을 좀 알게 된 것 같다고 느꼈던 시기이 기도 했다. 그러자 기다렸다는 듯 지루함이 삶 전체를 해일 처럼 뒤덮었다. 우연한 순간이나 운명적 관계에 대한 기대 감도 사라졌다. 앞으로의 삶에 놀라운 사건은 없을 거라는 확신이 들기도 했다.

그러나 남자친구와의 통화를 마무리한 선배가 데리고 간 허름한 식당에서, 한창 자리가 무르익을 즈음 가게문을 열고 들어서는 수찬을 마주했을 때 수민은 눈이 크게 뜨이

지 않을 도리가 없었다.

*

"니, 그 장조림 좋아하던 중국 여자애 있잖아. 이름이 뭐
였지? 랑랑인가?"

'링링'이라고 이름을 고쳐준 수찬이 수민을 힐끗 쳐다봤
다. 수민은 그의 앞에 놓인 콩국으로 시선을 돌렸다.

식당에 도착한 수찬은 자연스레 수민의 옆자리에 앉았
다. 면바지에 반팔 티셔츠를 입은 그에게서 시큼한 땀냄새
가 훅 끼쳤다. 수찬은 미리 시켜둔 막걸리와 파전을 훑어보
더니 주문 옵션이 꽤 복잡한 콩국을 능숙하게 주문했다. 벽
에는 찹쌀도넛, 흑임자, 깨, 꿀, 날달걀 등등 추가 선택에
따라 세분화된 메뉴판이 붙어 있었다.

제법 큰 단지에 나온 묽은 콩국을 신기하게 쳐다보는 수
민에게 수찬이 "조금 먹어볼래?" 하고 말을 걸었는데, 그
것이 그날 수찬이 수민에게 건넨 첫마디였다.

마치 신호처럼, 수찬의 기척에 기민해지기 시작한 건 그
때부터였다.

수민은 건넌방에서 들려오는 말소리를 잡아채듯 신중한

태도로 수찬과 정우 선배가 나누는 대화를 들었다. 그리고 그 대화를 통해 수민은 몇 가지 사실들을, 이를테면 '와꾸를 뜬다'는 게 운송을 위해 캔버스에서 떼어내 화구통에 말아온 그림을 다시 틀에 씌우는 작업을 의미한다는 것과 그 일에 정평이 난 장인을 소개해준 사람이 다름 아닌 일 년 전부터 경주에 내려와 있던 수찬이었다는 것을 알게 되었다. '링링'이라는 이름을 가진 수찬의 중국인 여자친구가 고국의 음식을 닮은 장조림을 너무 좋아한 나머지 수찬이 잠든 사이 엄마가 보내준 장조림을 다 먹어치웠다는 것이나 수찬이 그 일로 정우 선배에게 전화를 걸어 울면서 하소연했다는 것, 결국 군 입대 때문에 귀국하면서 그녀와 자연스레 헤어지게 되었다는 사실도 덩달아 알게 되었다. 그러나 취기가 오른 탓인지 수민에게는 그 모든 정보들이 통합되지 않은 채 분절된 상태로 입력되었다가 일순 사라지거나 무작위로 강조되었는데, 평소 문맥을 중요시하는 편집자적인 태도와 달리 수민의 귓가엔 그다지 중요하지 않은 단어들이, 이를테면 '여자친구'나 '잠이 들었다'는 표현들만이 진득하게 달라붙었다가 느리게 떨어져나갔다.

"걔 얘기 좀 그만해. 헤어진 지가 언젠데."

한층 낮아진 수찬의 목소리를 의식하느라 신경이 예민

해진 수민이 거푸 막걸리를 들이켜자 수찬이 빈 잔을 채우며 파전을 수민 쪽으로 밀어주었다.

나이가 든 수찬은 전반적으로 행동이 노련해져 있었다. 특히 여자를 대하는 태도가 그랬다. 매너라고 해야 하나. 그게 수민의 기분을 이상하게 만들었다. 그건 자신 역시 마찬가지일 텐데도 그랬다.

정우 선배와 수찬의 대화는 수찬이 하는 일로 이어졌다.

"느티나무를 팔겠다고 회사로 전화가 왔어. 초시를 낸 집안에서 대대로 귀하게 키운 나무라고 자랑이 대단하더라고."

수찬이 근무하는 곳은 정확히는 조경 식재 회사였지만 사장이 오랫동안 식재 일을 해와서인지 업무는 조경보다는 나무를 사고파는 일에 치중되어 있다고 했다. 스트라스부르에서 원예학을 공부한 수찬이 어째서 경주까지 내려와 나무 매매를 하고 있는지 의문이 들었지만 수민은 잠자코 있었다. 그 나이쯤 되면 무얼 하든 출발점으로부터 비켜나 있게 마련이니까. 수민은 이제 그런 것에 익숙했다.

"초시가 뭐라고. 그래서 생각했지. 이거 뭐, 별거 없겠네."

수찬은 나무를 매입하는 과정 중 가장 어려운 작업은 나무를 보러 가는 일이라고 했다. 오래 키운 나무를 파는 집들은 대부분이 이미 폐가이거나 곧 허물어질 집들인데, 십 중팔구는 산중에 있거나 외따로 떨어져 있는 탓이었다. 내 비게이션에 위치가 잡히지 않거나 아예 차가 들어가지 못 하는 경우도 흔했다. 느티나무를 팔겠다는 의뢰인의 집도 그런 경우였다.

"큰 소리로 노래를 부르면서 오라는 거야. 그럼 자기가 노랫소리를 듣고 마중나오겠대. 완전 미친 사람인 줄 알았 잖아."

말과 달리 수찬은 산을 오르며 순순히 노래를 불렀다. 숲에 들어서고 나서야 큰 소리로 노래를 부르라는 의뢰인 의 말을 이해했기 때문이었다. 산세가 험한데다 숲이 너무 깊어 휴대폰조차 터지지 않았다.

"그래서 무슨 노래 불렀는데?"

수민이 대화에 끼어든 것은 그때부터였다.

"포뇨."

"포뇨?"

"응, 벼랑 위의 포뇨."

가게문을 열고 나오자 텁텁하고 미지근한 밤공기가 훅 끼쳤다. 선배가 화장실에 간 사이 수찬이 구석에서 담배를

154

꺼내 물었다. 가게 뒤편으로는 가로등이 하나도 없어서 마을의 일부가 잘려나간 듯 보였다. 어둠 속에서 밤벌레가 울었다.

"피울래?"

수찬은 수민이 담배를 피우지 않는다는 사실을 잊은 모양이었다. 어쩌면 그사이 담배를 피우게 되었을지도 모를 가능성을 상정하고 묻는 것인지도 몰랐다. 시간이 많이 지났으니까.

수민과 수찬의 대화는 변화의 가능성을 염두에 둘 때 조심스러워졌다가도 여전한 모습이 엿보일 때면 급속도로 사이가 가까워졌다. 산속에서 겁에 질린 채 '포뇨'를 외쳤다던 수찬의 이야기가 그런 경우였다.

그래서인지도 몰랐다. 물었던 담배를 도로 담뱃갑에 넣은 수찬이 조심스럽게 "내일 아침에 같이 산책 갈래?" 하고 물었을 때 수민이 선뜻 고개를 끄덕인 것은. 늦가을 볼품없는 파리의 수목원으로 자신을 데려갔던 스물세 살의 시시한 남자애가 시공을 초월해 눈앞에 나타난 것만 같아서.

그리고 수민 역시 그때와 마찬가지로 "그래"라고 말했다.

그날 밤 게스트하우스의 별채에 요를 깔고 정우 선배와 나란히 누운 수민은 인생의 반복되는 형식에 대해 생각했다. 수민은 자신이 오랫동안 좋아해온 음악들을 떠올렸다. 소나타든 협주곡이든 관현악곡이든 대체로 모든 곡들은 결국 주제부로 돌아오게 되어 있었다. 반복의 핵심은 반복되는 멜로디 자체에 있는 것이 아니라 그 둘 사이에 놓인 기나긴 음악적 여정에 있다는 점에서, 그 결과 동일한 두 멜로디가 전혀 다른 해석을 지니게 된다는 점에서 수민은 음악의 형식이 인생에도 적용될 수 있다고 믿었다. 지금은 그런 생각이 수찬을 다시 만나기 위한 얄팍한 자기 합리화에 지나지 않는다고 단언하지만, 졸음이 묻은 정우 선배의 나른한 목소리를 듣기 전까지 수민의 머릿속은 '인생의 형식'이니 '법칙'이니 하는 추상적인 단어들로 가득차 있었다.

"수민아, 우리 한 이불 덮고 자는 건 처음이다. 일 년이나 같이 살았는데."

"같이 살았으니까 같이 잘 일이 없지."

수민은 자신의 대답이 지나치게 무뚝뚝하거나 논리적이기만 하다는 사실을 말을 뱉고 나서야 깨닫곤 했다.

"그래도 선배 숨소리는 매일매일 들었어. 우리집에 방문이 없었잖아."

"맞다. 참 다행이었어. 그래서 한순간도 외롭지가 않았
거든."

*

수찬과 결혼한 뒤로도 수민은 종종 그와 경주에서 함께
한 아침 산책을 떠올리곤 했다.

숲은 신비스러운 동시에 음산했다.

닭이 우는 신성한 숲이라는 의미를 지닌 이름의 계림에
는 뿌연 아침 안개가 서서히 걷히고 있었다. 몸통이 굵은
나무들이 늘어진 가지 곳곳에 부목을 대고 있었다. 그 모습
이 수민의 눈에는 늙고 비대해진 육체를 주체하지 못해 고
통을 호소하는 짐승처럼 보였다. 서로 합의라도 한 듯 나무
들은 일정한 간격을 두고 떨어져 있었지만 지나치게 울창
한 나뭇잎 때문에 조금도 빛이 들이치지 않았다. 이끼가 융
단처럼 숲 전체를 뒤덮고 있었다.

"여기가 원래 팽나무 군락지였거든."

수찬의 목소리가 새의 지저귀는 소리에 섞여 들렸다.

숲이 팽나무 껍질 틈에 알을 낳는 습성이 있는 비단벌레
의 서식지이기도 했다는 것이나 신라시대에 비단벌레 날개

로 말안장을 꾸미느라 벌레의 씨가 말라버렸다는 수찬의 이야기를 듣는 동안 새벽이슬에 젖은 흙이 부드럽게 부풀어올라 발밑이 금방이라도 꺼질 것만 같았다.

"넌 그대로다."

칠 년 차 직장인이 된 수민은 수찬의 그 말이 호의의 표시라는 걸 잘 알았다.

"넌 아닌데."

어쩐지 수민은 수찬의 호의를 그대로 받아주고 싶지가 않았다. 링링 때문인가.

"엄마가 돌아가셨을 때, 이상하게 네 생각이 났어."

뜻밖의 말에 수민이 고개를 돌리자 수찬이 유독 잎이 풍성한 나무에 시선을 두고서 말을 이었다. 아래엔 계림에 단 한 그루 남은 회화나무라는 내용의 안내판이 달려 있었다.

"전화를 걸고 싶었는데, 네가 미친놈이라고 생각할까봐 못 걸었어. 우린 사귄 것도 아니었잖아."

그날이 수민의 뇌리에 남아 있는 이유는 멋쩍게 고백하던 그의 표정 때문도, 거대한 나무들의 규모에 끝없이 감탄하는 수민에게 대경목이 점령한 숲에는 미래가 없다고 말하던 그의 단호한 목소리 때문도 아니었다.

그것은 숲 가운데에 이르렀을 무렵 우연히 만난 빈터의 둥글게 파인 구덩이를 가리켜 보이던 수찬의 옆모습 때문이었다.

용도를 알기 어려운 구덩이 주위로 물이 고인 듯 햇빛이 내려앉아 있었다. 수찬은 요즘 자주 구덩이에 시선이 머문다고 했다. 자신이 도려낸 나무의 자리를 바라보면서 이유 없이 불쑥불쑥 치솟는 분노를 그 속에 던져 넣는 상상을 한다고 덧붙이면서. 그러면 화가 조금 가시는 것 같다고 말하던, 시선을 살짝 낮춘 수찬의 옆얼굴이 그날 수민이 숲에서 본 가장 인상적인 것이었다.

수민은 수찬과 장거리 연애를 시작하며 그런 그의 모습은 그가 위기에 처했을 때 자신을 방어하기 위한 고유의 자세라는 걸 알게 되었다. 아마 오래전부터 그러했을 거라는 것도. 유학 시절 유럽 출신 교수들이 농담을 가장한 인종차별적 발언을 내뱉었을 때에도, 군 제대 직후 수찬의 엄마가 뇌경색으로 급작스럽게 돌아가시는 바람에 그 여파로 대학원 진학을 포기하게 되었을 때에도, 처음 인턴으로 들어간 조경 설계 사무소에서 수찬의 뒤통수를 자로 툭툭 쳐대는 소장의 버릇을 견디며 끝도 없이 이어지는 캐드 작업을 해야 했을 때에도 그는 고개를 숙인 채 나무가 뽑혀나간 동그란 구덩이를 마음 안에 그리고 있었을 것이다. 그 안에 분노를 던지다가 스스로가 구멍이 될 때까지.

그리고 그 모든 일들이 지나간 지금, 수민은 이제 자신 앞에 놓인 구덩이를 떠올리고 있었다. 그 안에 던져 넣어야 할 것들을 포함해서 말이다. 수민은 그중 가장 먼저 버리게 될 것을 생각했다. 그것은 아직 아무것도 모른 채, 구덩이를 보며 그것이 구덩이가 아니라 울창한 숲 한가운데 기적처럼 드리운 빛의 자리라고 믿었던 과거의 자신이었다.

평 균 율 　연 습

어린 시절 수찬은 자라면 구름이 되고 싶었다.

크고 높고 흘러가는 것.

"바보냐. 땅이 일억 배 좋아."

수찬에게는 세 살 터울의 형이 있었다. 개구쟁이였던 형은 수찬이 만든 레고를 부수거나 고무 말인 호피티를 타는 수찬의 등을 불시에 밀어버리곤 했다. 어린 수찬은 언제나 등에도 눈이 달린 듯 신경을 곤두세우고 지냈다. 그래도 형 발에 걸려 넘어지고 콘솔 게임기로 머리를 얻어맞는 건 어쩔 수 없었다. 수찬은 형이 자신을 사랑하는지는 확신할 수 없었지만 형이 언제나 옳은 말만 한다는 건 잘 알았다.

학교에 들어간 뒤 한층 더 똑똑해진 형이 말했다. 아무

도 가질 수 없는 건 아무런 가치도 없는 거라고. 이해하지
도 못하면서, 수찬은 형의 말을 듣고 장래 희망을 바꿨다.
흙이 되기로.

형의 말이 옳았다는 걸 깨달은 건 원예 학교에 들어간
직후였다. 첫 수업시간, 정원사는 흙을 가꾸는 사람이라는
말을 들었을 때였다. 흙에서 나고 자라는 것들을 키우려면
먼저 흙을 다룰 줄 알아야 한다는 말. 정원사가 키우는 모
든 것은 결국 흙으로 돌아간다는 말도.

그 말을 이해하는 덴 그렇게 오래 걸리지 않았다.

부엽토, 피트모스, 마사토, 버미큘라이트, 녹소토.

흙은 수분과 공기, 돌가루와 동식물의 잔해로 이루어져
있다. 그리고 알갱이의 크기와 구성 성분에 따라 분류된다.
어떤 것은 손으로 만져야만 알 수 있는데 흙도 그중 하나
다. 좋은 흙인지 아닌지를 판단할 때도, 혼합토의 배합이
적절히 이루어졌는지를 확인할 때도 손이 필요하다. 수찬
은 늘 가장 오래, 가장 자주 흙을 만지는 학생이었다. 수업
시간에 들은 말 때문이 아니라 단지 흙의 온기가 좋아서였
다. 어릴 때 장래 희망이 흙이 되는 거였다는 말을 농담처
럼 하기도 했다. 농담이라고 말하면서, 마음으론 운명이라
고 되뇌었다.

엄마가 돌아가신 후론 그런 말을 하지 않게 됐다.

흙이 되는 것이든. 흙으로 돌아가는 것이든.

그리고 수찬의 집엔 걷히지 않는 어둠이 드리웠다.

수찬의 엄마는 집안에서 가장 먼저 불을 켜는 사람이었
다. 비유 같은 게 아니라 실제로 그랬다. 고등학교에 입학
한 이후 도통 학교에 적응하지 못하는 수찬에게 식물도감
을 선물한 것도, 유학을 권유한 것도, 인색한 아버지 몰래
매달 용돈을 부쳐준 것도, 철마다 새 옷과 반찬을 부지런히
보낸 것도 모두 엄마였다. 수찬은 그래서 늘 엄마가 마음에
불을 켜준 사람이라고 생각했다.

평생 공무원 생활을 해온 수찬의 아버지는 검소한 생활
방식이 몸에 익은 사람이었다. 없으면 없는 대로, 있으면
가능한 아껴 쓰면서. 시간도 아껴서 틈틈이 독학으로 중국
어도 공부했다. 자꾸 쓰지 않으면 잊어버린다며 주말엔 거
실 탁자에서 종일 한자로 깜지를 썼다. 아내가 불을 켜주면
그제야 어두웠었구나 했다. "당신이 없으면 누가 불을 켜
주지?" 하면서.

그는 버릇처럼 그 말을 한 걸 후회했다.

그날 이후로 불을 켤 때마다 죄책감을 느꼈기 때문이었

다. 아랫사람들 챙긴답시고 회식에 참석하지만 않았더라면. 택시비가 아까워 한참을 돌아가는 심야버스를 타고 퇴근하지만 않았어도.

어둠 속에서, 급성 뇌경색으로 일 분마다 백구십만 개의 뇌세포가 죽어갔을 아내를 생각하면 불을 켜기가 어려웠다.

그날 이후 수찬은 자주 화가 났다. 자신 안에 이렇게 화가 많았나 싶을 정도로 작은 일에도 크게 분노가 일었다. 아버지가 더는 중국어 공부를 하지 않는 걸 알았을 때. 마냥 어둠 속에 고인 물처럼 앉아 있었을 때. 견디다못해 도망치듯 내려간 경주에서 형에게 걸려온 전화를 받았을 때. 야 이 새끼야 넌 자식도 아니냐, 유학 간다고 돈만 받아 처먹으면 다냐, 이제 엄마 없으니까 생까겠다는 거냐, 두고 봐, 넌 유산이고 뭐고 국물도 없어. 형의 그런 폭언에 아무런 대꾸도 하지 못했을 때. 왜 이런 일이 닥친 건지 아무리 노력해도 이해할 수 없을 때. 자신이 다 망쳐버린 것만 같은 생각이 들 때. 그냥, 흘러가고 싶을 때.

수민을 만난 건 행운이었다. 구제불능인 자신에게 다시 한번 기회가 찾아온 것 같았으니까.

언제 그런 걸 느꼈냐면, 함께 강릉으로 여행을 떠났던

어느 겨울에.

*

"수민아, 일어나."

수찬이 물속에 있다 올라온 사람처럼 급하게 숨을 들이켰다.

"그만 일어나봐."

수찬이 떨리는 손으로 수민의 어깨를 흔들었다. 발코니의 암막 커튼 틈으로 들어온 푸르스름한 빛이 수민의 부스스한 얼굴로 이어졌다. 수찬은 손에 닿은 수민의 온기에 차츰 마음이 진정되는 걸 느꼈다. 파도 소리가 끝없이 방으로 밀려들었다.

"몇 신데?"

수민은 좀처럼 몸을 일으키기 어려워했다. 잠에서 갓 깨어난 얼굴이 오리너구리를 닮아 있었다. 술을 마시고 자면 입술이 퉁퉁 붓는 탓이었다. 어제 저녁으로 물메기탕을 먹고 호텔로 돌아온 둘은 지하 편의점에 들러 지역 양조장에서 출시한 맥주 네 캔을 샀다. 수찬은 감자칩을, 수민은 귤한 망을 골랐다. 호텔방에 들어와 좀비가 나오는 OTT 시리즈를 틀어놓고서 둘은 배부르다고 투덜대면서도 네 캔을 다 마셨다. 수민은 금세 곯아떨어졌다.

술을 마저 비운 수찬은 찌그러진 맥주 캔과 과자 봉지를 비닐봉지에 넣어 구석에 밀어놓은 뒤 새시를 열고 발코니로 나갔다. 물이 어디 있나. 어둠 속에서, 수찬은 파도 소리가 밀려오는 쪽을 향해 두리번거렸다. 반소매 티셔츠를 입은 수찬의 팔뚝을 차디찬 바닷바람이 할퀴고 지나갔다. 살아 있구나, 수찬은 생각했다. 이렇게 잘 살아 있어도 되나, 걱정도 됐다.

수찬은 자신이 고통에 과민하다는 걸 알았다. 어릴 때부터 별것 아닌 일로 울음을 터뜨리고 오래 앓으며 유난을 떤다고, 아버질 챙겨야 할 놈이 약해빠졌다고 형이 알려주었다.

"커피 사왔어?"

호텔 앞 이차선 도로를 건너면 폭이 좁은 솔숲이 있었다. 솔숲을 지나면 아담한 해변이 나왔다. 해안가를 따라 카페가 길게 이어져 있어 '카페 거리'라고도 불렸다. 먼저 일어나는 사람이 커피를 사오자고 했었는데, 수민은 그게 생각난 모양이었다.

"내가 방금 뭘 봤어."

수찬은 질문과 다른 대답을 했다.

"뭘 봤는데?"

수찬의 말에 눈이 또렷해진 수민이 침대 헤드에 등을 기대고 앉았다. 수찬은 어떻게 하면 수민의 관심을 끌 수 있는지 처음부터 느낄 수 있었다. 수민을 처음 본 그날, 그 퀴퀴한 냄새가 나는 주점 테이블에 둘러앉은 낯모르는 사람들 사이에서 고집스럽게 입을 다물고 연신 좌우를 살피던 작고 빛나는 눈동자를 보았으니까.

때론 시선을 던지는 것만으로도 수찬을 주눅들게 만드는 수민의 눈이 테이블로 향했다. '그래서 커피는?'이라는 의미가 담긴 시선. 원형 테이블 위엔 귤 서너 개만이 나뒹굴고 있었다. 수찬은 커피를 사오지 못했다. 그럴 만한 이유가 있었다.

수찬이 여전히 가늘게 떨리는 목소리로 말했다.

"시체."

"시체?"


수찬은 해변을 걷고 있었다. 공기가 차고 맑았다. 좋은 날씨였다. 수찬은 식물을 키우는 사람이면서 모든 식물이 웅크리고 때를 기다리는 겨울이 좋았다. 새벽안개 너머로 바다를 향해 고개를 돌리고 있는 물새들이 보였다.

처음엔 그저 물새 무리 중 하나인 줄 알았다. 아니면 지난밤 관광객이 버리고 간 쓰레기 봉지, 혹은 파도에 떠밀려 온 죽은 해파리 같은 것.

한 발짝 더 가까이 다가간 수찬은 조금 더 분명히 보이는 형체를 확인하곤 뒷걸음질쳤다. 끔찍했다. 온몸에 소름이 돋을 정도로, 구역질이 났다.

그러나 수찬의 연락을 받고 출동한 경찰관에게 집주소와 연락처를 알려주고 곧이어 나타난 구급대원이 시신 주위로 보호벽을 칠 때까지도 수찬은 자리를 뜨지 못했다. 경찰이 이제 그만 가봐도 된다고 했는데도 주위를 서성였다. 해변으로 아침 산책을 나온 사람들이 무슨 일인가 싶어 하나둘 모여들었다. 보호벽 뒤로 파도가 끝없이 밀려왔다.

미안해서였다. 끔찍하다고 생각했던 게, 엉덩방아를 찧을 정도로 뒷걸음질친 것이. 어떤 사람이었는지도 모르는데, 어떻게 죽은 건지도 모르는데. 왜인지 자꾸 엄마 생각이 났다. 그래서 더 죄책감이 들었다.

"우리 수찬이, 많이 놀랐겠네."

수민이 몸을 가늘게 떠는 수찬을 끌어안았다.

"처음엔 놀랐는데, 시간이 지나니까 죽은 사람한테 미안

했어. 막 소리지르면서 도망쳤거든."

그래도 용케 신고는 했구나, 하면서 수민이 그의 등을 다독였다. 수민이 어린아이를 달래듯 과장된 말투로 말했다.

"넌 원래도 소리 잘 질러. 작은 일에도 막 소리지르잖아."

"내가?"

"응, 그러니까 그분도 이해해주실 거야."

"내가 언제 그랬어?"

"작년에 나 웨딩 메이크업 한 거 봤을 때도 소리질렀잖아. 으악, 이게 뭐야, 하면서."

수민이 작은 눈을 한껏 접었다. 수민의 웃는 얼굴. 수찬은 수민을 따라 앞이 보이지 않을 정도로 눈을 접고 웃었다. 그러면 덩달아 웃을 일이 생길 것만 같아서. 수찬은 수민에게 그런 걸 배우는 중이었다.


그해 바다를 생각하면 질문 하나가 떠올랐다.

슬픔은 어디서 이렇게 끝없이 밀려오나.

*

수민은 피아노 조율 기능 경기대회에 참가했다.

대회가 열리는 미아동의 한 대학으로 가는 길엔 구둣방들이 나란했다. 은행나무 가로수가 볕이 잘 드는 쪽부터 노랗게 물들어가고 있었다.

대회 참가를 권유한 건 원장이었다. 기능사 자격증 실기시험은 내년 2월로 예정되어 있는데, 그때까지 시간이 꽤 남았으니 이 기회에 대회에 참가해보는 건 어떻겠느냐고 했다. 운좋게 삼등 안에 들면 기능사 실기시험을 면제받을 수도 있다고 했다. 아니면 그냥 경험 삼아 하는 것도 좋다고 했고.

"남는 장사 아닌가요?"

수민은 실패에도 의미를 부여하는 원장의 말버릇이 좋았다.

올해 참여 인원이 적어 도전해볼 만할 것이라는 원장의 응원은 반만 맞았다. 참가자가 많진 않았지만 얼핏 보기에도 수민 같은 초짜는 없었기 때문이다. 문 앞에서 알음알음 눈인사를 하고 악수를 주고받던 사람들이 개회식 시간이

172

다가오자 하나둘 강당으로 모여들었다.

경기는 두 시간 삼십 분 동안 피아노의 조율과 조정을 완료하는 것으로 진행됐다. 피아노 조율은 크게 조율과 조정, 그리고 정음으로 나뉜다. 음을 바르게 정렬하는 것이 조율의 영역이라면 페달의 감각, 손실과 복구 등 악기의 전반적인 기능을 살피는 것은 조정의 영역에 속한다.

일부러 피치를 크게 떨어뜨린 피아노가 수민 앞에 놓였다. 본래 음에서 크게 이탈한 현은 단번에 조율이 되지 않는다. 변화가 크면 원래 상태로 돌아가려는 저항도 그만큼 크기 때문이다. 어르고 달래듯이, 점진적으로 피치를 올려야 한다. 그러니까 시간이 필요하다.

문제는 조정에서 생겼다. 페달을 밟지 않았는데도 건반을 누르면 음이 웅웅 울렸는데, 그걸 끝내 바로잡지 못한 거다. 조율에서 너무 긴 시간을 써버린 탓도 있었다. 수민은 피치가 정확하지 않은 건반 몇 개와 페달 기능에서 감점을 받아 수상에서 멀어지고 말았다.


수민은 집으로 가는 대신 조율 학원으로 향했다. 뭐가 문제였을까 되짚어보려고.

실습실로 들어선 수민은 피아노의 앞판을 떼어내 조심

스레 벽에 기대어놓았다. 멀찍이서 피아노 건반을 반복적으로 두드리는 소리가 들려왔다. 얼마 전부터 학원엔 다시 활기가 돌기 시작했다. 연말에 있을 기능사 필기시험과 내년 초로 예정된 실기시험 때문이었다. 너무 오랫동안 다른 수강생과 마주치지 않아 이러다 학원이 폐업하는 건 아닐까 내심 걱정했었는데, 학원은 본래 기능사 시험을 전후로 달이 차고 기울듯 수강생의 수가 늘었다 줄기를 반복하는 모양이었다. 일종의 순환의 규칙이랄까.

수민은 피아노의 골조를 들여다보았다.

피아노 소리의 울림이 커지게 하는, 흔히 페달이라고 부르는 부품의 정식 명칭은 댐퍼 페달이다. 이 댐퍼 페달은 페달봉을 통해 긴 레일과 연결되어 있는데, 레일에는 머리 부분에 펠트가 부착된 여든여덟 개의 작은 나무 막대가 달려 있다. 이 나무 막대를 댐퍼라고 부른다. 댐퍼는 평상시 펠트 부분이 현을 눌러 여음이 없도록 하는 역할을 한다. 일종의 지음 장치다. 연주자가 댐퍼 페달을 밟으면 그때 댐퍼에 연결된 레일이 들리면서 현을 누르고 있던 댐퍼 전체가 한꺼번에 현에서 떨어진다. 그러면 댐퍼의 방해를 받지 않게 된 현이 자유롭게 음을 울리게 되는 원리다.

댐퍼 페달의 울림은 페달의 운용 방식과 반대로 이뤄진다. 그러니까 피아노의 울림이란 어떤 기능을 추가해서 효과를 내는 게 아니라 반대로 울림을 방해하던 요소를 제거해 원래의 소리로 돌아가게 하는 것이다. 크고 화려하게, 마음껏 울릴 수 있도록.

수민은 레일을 살피며 페달을 밟았다 떼어보았다. 시험장에서 찾지 못한 오류가 무엇인지 알아내기 위해 촘촘하게 정렬된 나무 부품과 어둑해 잘 보이지 않는 뒤편을 실눈을 뜨고 바라보고 있을 때였다.

"결과가 별로인가보네."

원장이 실습실 문을 열고 들어왔다. 수민이 멋쩍게 웃었다.

"뭐가 문제였을까? 감점 요인이 뭐래요?"

원장이 단도직입적으로 물었다.

건반의 울림을 잡지 못한 게 가장 큰 감점 요인이었다는 수민의 대답에 원장의 질문이 이어졌다.

"지음이 잘 안 됐다는 건데. 댐퍼가 현에 닿아 있는지 확인했어요?"

"네."

"꽉 맞닿아 있어야 돼. 댐퍼가 현에서 조금만 떠도 소리가 엄청나게 울리니까."

"그게 댐퍼 몇 개가 아래쪽이 살짝 뜨는 느낌이었는데, 댐퍼 와이어 문제는 아닌 것 같더라고요."

"댐퍼 스푼은 체크했어요?"

"네."

"어느 쪽 건반이에요?"

"아마…… 여기, 30번에서 33번까지요."

"그 부분 스프링은 제자리에 있던가요?"

"네."

댐퍼 페달이 불량일 때의 체크 매뉴얼을 고스란히 되짚은 원장이 잠시 생각에 잠긴 듯하더니 말을 이었다.

"수민씨, 그럼 센터 레일을 뺐다가 다시 정렬해봅시다."

센터 레일은 댐퍼와 건반 작동의 전반을 관장하는 액션이 통합된 긴 레일이다. 센터 레일은 이를 지지하는 브래킷에 얹혀 있는데, 무게가 상당해 들다가 손목이 나간 적도 있었다. 원장의 지시에 수민이 센터 레일 전체를 들어올렸다가 다시 제자리에 끼워넣었다. 미숙한 조정 과정에서 생겨났을지 모를 부품 간의 어긋남을 초기화해보려는 거였다. 수민은 페달봉이 빠져나오지 않도록 신경을 쓰느라 두어 차례 센터 레일을 들었다 놓기를 반복했다. 동작을 지켜보던 원장이 의아하다는 듯이 물었다.

"끝이에요?"

"네."

"액션 브래킷 너트는?"

"네?"

"너트를 조여야 액션 레일이 피아노에 안착되죠. 있는 힘껏 잠가야 된다고 했잖아. 혹시 시험장에서 확인 안 했어요?"

수민이 실습용으로 쓰는 학원의 피아노들은 브래킷의 너트가 풀려 있다. 언제든 액션 레일을 옮겨 손볼 수 있어야 하기 때문이다. 그래서 수민은 순간 그게 당연한 거라고 생각했다. 미완으로 남은 그 모습이. 눈앞에 있는 것도 못 보고. 당황한 수민의 눈이 보란듯이 튀어나와 있는 브래킷으로 향했다.

*

임정희는 요즘 퍼즐 맞추기에 재미가 들렸다. 어느 정도냐면, 퍼즐을 맞추느라 재판에 대한 생각을 잠시 잊어버릴 정도였다.

변호사는 걸음이 빠르고 말은 더딘 사람이었다. 변호사

가 생각보다 짧은 준비 기간을 거쳐 법원에 소장을 접수했을 땐 행동이 분주해서 다행이구나 싶었다. 주변에서 다들 재판은 피를 말리는 인내심 싸움이라고 겁을 줬는데, 꼭 그렇지도 않은 것 같았다. 그러나 소장을 발송한 이후가 문제였다. 김사장측이 묵묵부답이었던 것이다. 피고의 답변서 제출 기한이 지나자 변호사가 주소 보정을 위해 사실조회신청을 한다고 연락을 줬다. 그렇게 또 두어 달이 훌쩍 지났다. 임정희는 그제야 재판이 인내심 싸움이라는 말을 이해했다. 변호사가 눌변이어서 재판정에서 제대로 변론이나 할 수 있을지 걱정도 됐다. 피고가 답변서를 제출하지 않아 무변론 판결 선고가 내려지기 직전, 김사장이 변호사를 대동하고 재판에 뛰어들었다. 그렇게 첫 변론 기일이 잡혔다.

임정희의 방 한가운데엔 돌침대가 있었다. 임정희가 이 집으로 입주할 때 가지고 온 거였다.

"요란한 사람이 들어왔네."

임정희는 사람을 써서 방으로 돌침대를 날랐다. 침대에 누운 주인 할머니가 열린 문 너머로 멀찍이 임정희를 보며 말했다. 이십 년 전 많은 재산을 남기고 죽은 남편의 명복과 아들 내외의 발복을 비느라 절에 갔던 할머니는 어느 날 하산하다가 젖은 낙엽에 미끄러져 바위에 부딪쳤다. 골반 뼈가 부서졌다. 그뒤론 걷지 못하게 되었다.

돌침대는 임정희가 가진 것들 중 유일하게 멀쩡한 거였다. 가장 비싼 것이기도 했다. 내 집을 가지면 그때 새 걸로 채우겠다고 마음을 달래가며 낡은 살림살이로 버텼다. 돌침대는 허리가 좋지 않아 한의원에 다니다 돌침대가 좋다는 이야기를 듣고 큰맘 먹고 장만한 것이었다. 당장 버려도 이상하지 않을 세간들 사이에서 돌침대만 반짝반짝 빛났다.

그 침대 위엔 퍼즐이 놓여 있다.

임정희는 요즘 오백 피스짜리 고흐 그림을 맞추고 있었다. 가장 밝게 빛나는 피스들을 골라 맞추다보니 샛노란 카페 외벽이 얼추 완성되어가는 중이었다.

퍼즐을 맞춰보라고 한 건 주인 할머니였다. 원래 주인 할머니의 취미였으니까. 치매 예방 차원으로 주민센터에서 나눠준 삼십오 피스짜리 화투 퍼즐로 시작된 할머니의 취미는 피스 뒷면에 인쇄된 곱셈 문제를 풀어야 제자리를 찾을 수 있는 산수 퍼즐로, 백 피스짜리 장생도 퍼즐로 이어졌다. 다리를 못 쓰게 된 할머니가 치매까지 걸릴까봐 벌벌 떠는 아들 부부가 놀러올 때마다 퍼즐을 사들고 왔다. 할머니는 쌓이는 퍼즐 상자가 골치 아프다고 하면서도 손주와 함께 찍은 사진이 인쇄된 삼백 피스짜리 주문 제작 퍼즐을 임정희에게 자랑했었다.

"자넨 아직 젊으니까 어려운 거 해봐."

할머니가 오백 피스짜리 상자를 가리키며 말했다.

자넨 아직 젊으니까.

임정희는 그 말이 좋아 퍼즐을 맞추기 시작했다. 꼭 맞는 퍼즐을 찾으면, 자신이 정말로 아직 젊은 것 같았다. 잠깐이지만 용기가 났다.

\*

수찬은 늘 수민에게 필요한 사람이 되고 싶었다. 수민이 자신에게 그런 존재니까. 어느 정도냐면, 타임머신을 타고 중학생인 수민에게로 날아가고 싶을 만큼. 낯선 도시에서 쭈뼛대며 KFC에 들어가 가장 싼 메뉴를 고르는 아이의 손을 붙잡고 "먹고 싶은 거 다 먹어"라고 말해주고 싶을 만큼. 매일 아무도 없는 방에서 대충 밥을 먹는 아이의 맞은편에 앉아 함께 맛있게 치킨을 먹어주고 싶을 만큼. 여드름이 잔뜩 난 사랑스런 볼을 쓰다듬어주고 싶을 만큼.

"별일 아니야. 다 지나가."

부모의 이혼으로 혼란스러울 사춘기 아이를 다독이고 용기를 주고 싶을 정도로.

수찬은 수민을 통해 용기를 얻었으니까.


그리고 어쩔 수 없이, 시간이 지나며 수찬은 형 말대로 자신이 원체 구제불능이라는 걸 상기하게 되었다. 나날이 말수가 줄어드는 아버지 때문에 결혼한 뒤에도 일요일 점심마다 형과 함께 식탁을 지켜야 했을 때, 식사 자리에도 오지 않고 아이 소식도 없이 안부 전화마저 뜸한 수민에게 불만을 터뜨리는 형에게 매번 변명을 늘어놓아야 했을 때, 형의 의견에 힘을 실어주는 듯한 아버지의 침묵을 견뎌야 했을 때, 사라진 줄 알았던 마음의 먹구름이 순식간에 커졌다. 그럴 때면 수찬은 평소보다 일찍 수목원으로 출근해 젖은 안개를 맞으며 걸었다. 동물원에 딸린 작고 아담한 수목원의 비뚤어진 나무 이름표를 똑바르게 맞추고 수풀 속에 죽어 있는 작은 들짐승의 사체를 거두고 파헤쳐진 흙을 다졌다. 그러면 산란한 마음이 조금씩 안정이 되었다.

하지만 수찬이 어쩔 도리가 없는 것도 있었다. 인원 감축을 이유로 권고사직을 당한 건 수찬의 잘못이 아니었다.

이직한 이후 야근하고 늦게 집에 들어온 수찬은 샤워를 하며 눈물을 흘리는 날이 많았다. 울지 말아야 한다고 생각하면 더 눈물이 났다. 그럴 때면 어둠 속에서 홀로 죽어간 엄마가 떠올랐다. 수찬도 알았다. 슬픔에도 유효기간이 있다는 걸. 자신이 겪는 일상의 어려움을 시효가 지난 슬픔에 떠넘기고 있다는 걸 말이다. 고객에게 클레임이 들어올 때에도, 팀장이 자신에게 모든 책임을 떠넘길 때에도, 사람들 앞에서 자신에게 윽박지르는 나이 어린 팀장보다 그 뒤에서 숨죽이고 지켜보는 동료들의 시선이 더 가혹하게 느껴질 때에도, 그건 엄마의 부재와 아무런 상관이 없는 거라는 걸.

그래도 어쩔 도리가 없었다.

울고 난 자국을 지우느라 유난히 오래 샤워를 하고 나간 날, 아무리 세수를 해도 눈가의 붉은 기가 지워지지 않아 수민이 걱정을 하면 어쩌나 타월을 얼굴에 뒤집어쓰고 문을 열었을 때, 자신의 얼굴을 빤히 쳐다보던 수민이

"욕실 배수구 머리카락 치웠어?"

라고 말했을 때. 피곤하지 않냐, 오늘 하루 어땠냐, 더는 묻지도 않고 작업실로 들어가버렸을 때, 수찬은 마음 안의 먹구름이 걷잡을 수 없이 커지는 걸 느꼈다. 이제 더는 어찌

할 수 없을 정도로.

수찬은 도망치기로 했다. 자신이 또다시 모든 걸 망쳐버릴 것만 같아서였다.

*

수민이 수찬을 만난 건 대회가 끝나고 한 달가량이 지난 뒤였다.

둘은 수민의 동네 양갈빗집에서 만났다.

"나 이사가려고."

수민과 수찬 사이에 마지막으로 남은 게 공동명의로 된 아파트였다.

"장모님 재판 때문에 그래?"

수민은 요즘처럼 자주 돈에 대해 생각한 적이 없었다. 엄마는 한번 말하지 않기로 다짐하면 절대 입을 열지 않았는데, 이번 경우엔 재판에 소요되는 비용이 그랬다. 돈 이야기만 나오면 조개처럼 입을 다물어버렸다. 변론 기일이 잡혔다는 소식을 들은 수민은 재판 비용을 따로 알아봤다. 큰 회사라 착수금도 만만치가 않았다. 승소할 경우 지불해야 할 성공 보수도 엄청났다. 최악의 경우 패소하게 되면 엄마가 피고측 변호사 비용까지 감당해야 할 수도 있었다. 전 재산을 잃어 시작한 재판인데, 돈이 없으면 아무것도 할 수 없는 게 재판이었다. 한동안 잠적했던 김사장이 뒤늦게 재판에 뛰어든 건 재산을 은닉할 시간을 벌기 위해서였을지도 모른다고 엄마가 말했는데, 그 이야길 듣고 수민의 마음은 더욱 심란해졌다. 재판에서 이긴다고 해서 모든 게 제자리로 돌아가는 건 아니었던 것이다. 수민이 말했다.

"너도 언제까지 작업실에서 지낼 순 없잖아."

"나 본가로 들어갔어."

노릇하게 구워지는 양고기를 뒤적이던 수민이 의외라는 듯 수찬을 쳐다봤다. 수찬의 얼굴에는 별다른 표정이 없었다.

"나도 당분간 자식 노릇 좀 하려고. 아빠가 여름에 김밥을 잘못 먹고 식중독에 걸렸었거든? 근데 왜인지 지금까지 기력이 없어."

갈수록 입맛도 없고 말라만 간다고.

수민은 침울한 표정 하나를 떠올렸다. 아들 결혼식장에서도 한번 웃는 법이 없었던 얼굴. 매사 흥도 낙도 없다는 듯 말 한마디 먼저 건넨 적이 없어서 수민은 그가 늘 어렵기만 했었다.

수찬이 덧붙였다.

"돈 때문에 그러는 거면 급하게 팔지 말자. 오를 수도 있는데. 장모님한테는 내가 돈 해드렸어."

"무슨 돈?"

"재판비용 말이야. 장모님한테 전화가 왔었어. 돈을 좀 빌려달라시더라고."

당황한 수민의 목소리가 커졌다. 자신에겐 결벽증 환자처럼 말 한마디 안 하더니.

"네가 왜 우리 엄마한테 돈을 빌려줘?"

"가족이었잖아. 물론 난 지금도 그렇다고 생각하고."

우리 가족.

견고하고 안온한 세계.

수민도 그런 걸 가졌다고 착각했던 순간이 있었다.

중학교 1학년 여름방학, 수민의 가족은 서해의 섬으로 피서를 갔다. 엄마 아빠와 셋이서만 여행을 떠난 건 그때가 처음이자 마지막이었다. 아마도 점차 멀어지는 엄마의 마음을 잡아보려는 아빠의 궁여지책이었을 것이다. 차를 몰고 가는 내내 아빠의 과장된 웃음 사이로 서먹한 공기가 감돌았다.

도착한 해변에는 아무도 없었다. 민박집이나 횟집의 호객꾼들도, 관광객들도 보이지 않았다. 육지와 섬을 잇는 다리가 개통한 지 얼마 지나지 않은 때였다. 관광 특수를 노리는 왁자지껄한 분위기를 예상했던 수민의 가족은 적막한 풍경에 당황했다. 얼마 전 섬에 무장 공비가 출몰하는 바람에 겁먹은 주민들이 죄다 문을 걸어 잠그고 있었다는 건 청주로 돌아와서야 알게 되었다.

"이 좋은 풍경이 다 우리 거야."

아빠는 해변 한가운데에 텐트를 쳤다. 텐트가 작은 게 아쉽다는 듯이 그늘막을 넓게 펼쳤다. 셋은 해변 위쪽에 주차해놓은 자동차와 텐트를 오가며 물건들을 날랐다. 버너, 코펠, 아이스박스, 수박, 라면, 담요, 모기향 등등.

"낚시하러 가자."

마지막으로 트렁크에서 낚시용품을 챙긴 아빠가 수민을 데리고 해변을 따라 걸었다. 조금씩 부슬비가 내렸다.

"엄마는?"

수민이 묻자 아빠가 대답했다.

"짐 지켜야지."

아빠의 말투는 사뭇 단호했다.

수민은 해변에 다른 사람은 아무도 없는데 무엇으로부터 짐을 지킨다는 건지, 그걸 왜 엄마가 해야 하는지 궁금했다. 그런데 물어보기가 뭐했다. 아빠와 그렇게 친하지 않아서였다.

해안 끄트머리까지 걸어간 아빠가 바위산을 오르기 시작했다. 수민도 뒤를 따랐다. 머리카락과 어깨에 허옇게 부슬비가 내려앉았다. 아빠가 바위를 거침없이 오르는 수민의 머리를 쓰다듬었다.

"대단한데?"

수민이 보란듯이 바위와 바위 사이를 훌쩍 뛰어넘었다. 둘은 어느새 바위산 꼭대기에 다다랐다.

아빠가 낚싯대를 드리웠다. 수민은 그 옆에 쭈그리고 앉았다.


시간이 얼마나 흘렀을까.

수민이 먹구름이 껴 물과 하늘의 구분이 애매해진 수평선을 가만히 바라보고 있을 때, 바위에 걸터앉아 있던 아빠가 벌떡 일어났다. 아빠는 다급하게 장비를 정리하고는 수민의 양어깨를 붙잡으며 눈을 맞춰왔다.

"수민아, 뛰어내려갈 수 있지?"

"당연하지."

수민은 크게 고개를 끄덕였지만 막상 내려가자니 올라올 때와는 상황이 달랐다. 바위는 그사이 내린 부슬비로 좀 더 미끄러워진데다 가파른 내리막길에 겁이 났던 것이다. 주춤대는 수민이 넘어지지 않도록 팔을 붙잡고 속도를 맞추던 아빠가 결심한 듯, 다른 손에 들고 있던 낚시 장비를 바닥에 내동댕이쳤다. 양동이에 든 물고기가 튀어나가 바위틈으로 사라졌다.

아빠가 수민을 들쳐업었다. 슬리퍼를 벗어던지더니 맨발로 바위를 뛰어내려가기 시작했다. 아빠에게 업혀 시야가 높아진 수민의 눈에 그제야 물이 빠르게 차오르는 것이 보였다. 바위 사이로 솟구쳐 들어온 파도가 폭포수처럼 떨어졌다. 수민은 아빠의 목을 힘껏 끌어안았다. 언제라도 물이 차올라 온몸을 집어삼킬 것만 같아서.

아빠는 스파이더맨처럼 가볍게 바위를 뛰어넘었다. 위기에 처한 인물이 갑자기 초능력을 발현하듯이 무아지경으로 내달리는 바람에 등에 매달린 수민의 몸이 허공으로 크게 들썩거릴 정도였다. 평소 운동이라곤 줄넘기도 하지 않았던 사람인데. 그건 수민이 처음이자 마지막으로 본 아빠의 필사적인 모습이었다.

수민과 아빠가 가까스로 바위산을 내려왔을 때, 그들이 걸어왔던 해변은 밀물로 허리까지 바닷물이 차오른 상태였다. 아빠 등에 업힌 수민의 두 발이 물갈퀴처럼 수면을 훑고 지나갔다.

저 멀리서 엄마가 수민의 이름을 부르며 달려오는 게 보였다. 양팔을 벌리고 달려온 엄마가 수민과 아빠를 와락 껴안았다.

수민은 물에 잠겨 머리만 남은 바위산과 불그스름한 빛에 젖은 바다를 바라보았다. 따뜻하고 안전하다는 느낌, 이 온기가 영원히 지속될 것만 같은 행복감이 차올랐다.

위기를 겪고 결속력이 단단해진 수민의 가족은 집에서 가져온 묵은지에 참치 캔을 넣어 찌개를 끓여먹었다.

"수민아, 우리 라면도 넣을까?"

큰일날 뻔했어, 천만다행이야, 엄마가 혼잣말을 하며 수민의 볼을 자꾸 쓰다듬었다.

그날 밤 수민의 가족은 다정한 목소리로 오래오래 대화를 주고받았다. 누가 엿듣기라도 하는 듯이 소곤거리며, 들키면 행복을 빼앗기기라도 하는 듯이 조심조심하면서.

그리고 이듬해 수민의 부모는 이혼했다.

*

양고깃집에서 자리가 파할 때쯤 수찬이 수민에게 말했다.
"장모님이 너한테 미안하다고 전해달래."
수민은 의아했다.
"엄마가 나한테 뭐가 미안한데?"
"설명하기 어려운데…… 근데 나는 알겠는데. 뭐가 미안한지."

집으로 돌아온 수민은 화가 났다. 미안해하는 엄마의 태도 때문도, 자신 몰래 수찬에게 돈을 빌려서도 아니었다. 왜 엄마에게 이런 일이 일어났나 싶어서였다. 돈이 전부인 사람한테. 그게 유일한 꿈이고 미래인 사람한테. 수민은 엄마의 방식이 틀렸다고 생각했지만 그게 전부를 잃을 정도로 잘못한 일은 아니라고 생각했다. 세상엔 더 큰 잘못을 저지르고도 잘 사는 사람 천지지 않나.
수민은 자기 자신에게도 화가 났다. 조금만 미리 알았더라면. 적어도 전세 보증금을 보내기 전에라도. 좀더 잘난 딸이었다면. 서울에 아파트 한 채는 마련해줄 수 있을 정도로.

그러나 엄마에게 전화를 건 수민의 입에서 튀어나온 말은 마음과는 다른 거였다.

"왜 나한테 말 안 했어?"

"뭘 말해? 너 흑염소 한 제 먹을래?"

"흑염소를 내가 왜 먹어."

"여자로 태어났으면 흑염소 세 마리는 먹어야 한다는 말도 몰라?"

"여자로 태어난 게 얼마나 큰 죄길래 흑염소를 세 마리나 먹어야 해? 흑염소는 또 무슨 죄야?"

"말이 그렇단 거야."

"왜 나한텐 돈 필요하단 말 안 해?"

"내가 너한테 그런 부탁을 왜 해."

"엄마 딸이잖아."

"너한텐 싫어. 자존심 상해."

"가족끼리 의지해야지, 무슨 자존심 타령이야?"

"너도 나한테 의지 안 했잖아. 왜 나만 해야 해?"

"그건 다르지."

"뭐가 달라?"

말문이 막힌 수민은 왠지 해야 될 것 같은 말을 뱉었다.

"……미안해."

미안한 일이라고 생각하지 않았는데도 막상 사과를 하고 보니 정말로 엄마에게 미안해졌다. 너무 미안해서 울컥 눈물이 날 것만 같았다.

"그러니까…… 엄마, 나랑 같이 살래?"

*

조율 수업의 마지막 단계는 평균율에 관한 것이다.

소리는 진동으로 이루어져 있고 진동은 숫자로 환산된다. 따라서 두 음으로 만들어진 모든 화음은 비율을 갖게 되고 역으로 비율에 따라 음을 조정하는 것도 가능해진다. 이쯤 되면 맥놀이는 단순히 없애야 할 대상이 아니게 된다. 모든 화음이 고유한 맥놀이를 갖게 되기 때문이다. 맥놀이는 간섭 현상에 의한 단순한 소음이 아니라 아름다운 배음의 일부로 인정받는다. 평균율 조율은 이러한 발상에서 비롯된 것이다.

조율은 옥타브가 하나의 단위다.

한 옥타브의 건반은 총 열두 개. 먼저 열두 개의 음을 조율하는 방법을 배운다. 그리고 나머지 칠십육 개의 건반을 그와 같이 한다.

기준음인 A49번 라 음의 튜닝을 마친 수민이 그보다 한 옥타브 아래 라 음을 짚었다. 튜닝 해머로 핀을 조여 맥놀이 없이 깨끗하게 두 음이 들리는 것을 확인한 뒤, 라 음과 완전 4도를 이루는 레 음을 눌렀다. 평균율 조율은 징검다리를 건너듯 진행된다. 하나의 음이 조율되면 그것을 디딤돌 삼아 다른 건반과의 맥놀이를 통해 바른 소리를 찾아나가는 식이다. 수민은 일 초에 맥놀이 하나가 빠듯하게 들릴 때까지 조율 핀을 조였다. 그다음은 방금 조율을 끝낸 레 음과 완전 5도를 이루는 음을 찾을 차례였다. 수민은 그보다 낮은 솔 음을 눌렀다. 이때의 맥놀이는 완전 4도보다 두어 배쯤 느긋해야 한다. 일 초에 0.66개의 맥놀이. 산술적으로는 그러하지만 원장은 언제나 그보다는 감이 중요하다고 말했다. 숫자에 집착하지 말고 이미지를 그려보라고.

만조 때의 파도, 저공비행하는 새의 날갯짓.


지극히 인간적인 약속.

처음 평균율에 대한 강의를 들었을 때 수민의 머릿속에 떠오른 생각이었다. 평균율은 순정률을 보완하기 위한 계책이다. 순정률은 각각의 화음이 절대적인, 변치 않는 비율을 갖는다는 생각에 기초하여 만든 방식이다. 이 순정률을 대입해 징검다리식으로 음을 조율하다보면 열한 개의 소리는 완벽할지 몰라도 마지막 음은 귀에 듣기 거북할 만큼 본래 소리에서 크게 어긋나게 된다. 이 결함을 모든 건반에 조금씩 떠안겨 일반인의 귀에는 어긋남이 잘 느껴지지 않을 정도로 절충하는 방식이 바로 평균율이다. 열두 개의 건반이 결함을 조금씩 나눠 가졌기 때문에 각각의 화음은 순정률만큼 완벽하진 않지만, 모든 음이 무난히 좋게 들린다.

수민은 원장의 설명이 이솝의 교훈적인 우화 같다고 생각했다. '고통의 분담'이니 '다수의 행복'이니 하는 문구가 떠오르기도 했다. 음악은 절대적이고 초월적인 것이라고 막연히 생각했던 수민에게는 왠지 김빠지는 사실이었다.

원장은 평소 튜너로 수치화한 조율이 아니라 귀로 감각하는 조율을 강조했는데, 그 이유가 기계의 음감과 실제 사람이 느끼는 음감이 다르기 때문이라는 것도 수민의 혼란을 가중시켰다. 인간의 귀는 낮은 음은 실제보다 더 낮아야, 높은 음은 실제보다 더 높아야 옳다고 느낀다는 것이다. 그리고 이때에도 역시 조율은 인간의 편에 선다.

조율의 근간은 정확한 산술이지만 이 불확실성을 수용

할 때에야 비로소 소리가 아름다워질 수 있다고, 원장은 말했다.

*

겨울이 되자 수찬은 짧은 자식 노릇을 마치고 제주도로 내려갔다.

수목원에 자리가 났다고 수민에게 문자메시지를 보냈다.

'놀러와.'

수민은 호응이 어긋난 대답을 했다.

'엄마 일 고맙다. 갚을게.'

*

피아노가 처음 한국 땅을 밟은 건 1900년 3월 26일이었다.

미국인 선교사 부부에 의해 대구의 사문진 나루터에 도착한 피아노는 삼 일에 걸쳐 서울 종로구에 위치한 부부의 집으로 옮겨졌다. 선교사와 짐꾼들이 나루터에 도착했을 때 피아노는 낙동강변에 놓여 있었다. 이십여 명의 짐꾼이

상여용 막대 여러 개로 지지대를 만들고 짚단을 엮어 고정하는 데에 하루가 걸렸다. 둘째 날, 피아노가 대구를 출발했다. 악기가 너무 무거워 일당을 포기하고 돌아가는 짐꾼들이 많았다. 그러면 새로운 짐꾼들을 부르느라 시간을 허비했다. 피아노는 보리밭을 지나고 논밭과 도랑을 거쳤다. 남의 집 벽이나 경사로의 바위에 부딪치기도 했다. 짐꾼 하나가 논두렁에 빠지는 바람에, 짐꾼들이 배고프다고 아우성을 쳐서, 고된 작업에 지쳐서, 의견이 맞지 않아 싸우느라 또 시간이 지체되었다. 셋째 날, 선교사는 짐꾼 열을 더 불러 운반에 속도를 냈다. 종로에 이르자 피아노를 처음 본 사람들이 여기저기서 몰려들어 선교사의 집 앞까지 장사진을 쳤다. 피아노가 대문보다 큰 바람에 문을 떼어내고 문구멍을 파냈다.

집 거실로 들어선 피아노는 만신창이였다. 제자리에 온전히 놓인 건반이 하나밖에 없을 정도였다. 긴 시간을 들여 건반을 모두 조립했지만 파손되어 끝내 맞출 수 없는 것들도 두어 개 있었다. 초라한 몰골의 악기 앞에 교회의 피아노 연주자이자 악기의 진짜 주인인 선교사의 아내가 섰다. 그녀가 건반을 누르는 것을 선교사는 자못 긴장한 얼굴로 바라보았다. 비용도 노력도 이만저만 들어간 게 아니었다.

악기는 그녀를 위해서도 교회를 위해서도 꼭 필요했다.

선교사의 아내가 말했다.

"조율이 잘되어 있는걸. 연주에 무리가 없겠어."

그녀가 흡족하게 웃어 보였다.

*

"수민씨, 나랑 같이 갈래요?"

원장이 히터 주변을 얼쩡대며 손을 녹이는 수민에게 불쑥 물었다. 수민이 선뜻 대답하지 못하고 머뭇대자 원장이 "빨리 결정해요, 얼른 가야 해"라며 대답을 재촉했다. 원장은 묵직한 검은색 가죽가방을 챙겨들었다. 수민이 얼결에 고개를 끄덕였다.

원장의 차는 연식이 오래된 체어맨이었다. 수민은 원장이 이따금씩 조율 출장을 다닌다는 사실을 알고 있었다. 한땐 지방을 종횡무진했지만 나이가 든 지금은 단골 녹음실이나 서울 내 콘서트홀의 의뢰만을 받고 있었다.

"괜찮아요, 그거 원래 그래."

조수석 문손잡이가 덜그럭거려 당황한 수민에게 원장이 말했다. 방향제의 라벤더향에 코끝이 간질거렸다.

"운전할 줄 알아요?"

원장이 쾌활한 목소리로 물었다.

"면허만 있어요."

"얼른 연수 받아야지. 운전 못하는 조율사가 어딨어."

원장은 능숙하게 차를 몰았다. 반포대교로 들어서자 살얼음이 낀 한강 위로 깨어질 듯 날카로운 햇빛이 부서져내렸다. 철새떼가 부메랑 모양으로 날아갔다.


도착한 곳은 한옥이 즐비한 주택가였다. 공영주차장에 차를 세운 원장은 지도도 보지 않고 좁은 골목 사이사이를 익숙하게 찾아들어 가더니 어느 대문을 불쑥 열고 들어갔다.

포석이 깔린 작은 마당 뒤로 아담한 본채와 별채가 보였다. 수민이 원장을 따라 본채 안으로 들어섰다. 외풍을 막기 위해 덧댄 유리문이 바람에 연신 파르르 떨렸다. 툇마루와 구들장을 걷어낸 바닥에 타일을 깔아 입식 구조로 개조한 공간은 개방감이 느껴졌지만 겨울이라 그런지 영 썰렁했다. 스무 개 남짓한 의자가 기둥을 피해 여기저기 놓여 있었는데 정돈이 되지 않아 전체적으로 어수선한 분위기였다. 뭐하는 덴가 싶어 주위를 두리번거리고 있을 때 저만치서 프로젝터를 만지작거리던 젊은 남자 하나가 원장에게

다가왔다.

"선생님!"

"내가 업라이트피아노는 프리페어드로 쓰지 말라고 했잖아."

자신을 살롱의 매니저라고 소개한 남자가 큰 키를 숙여 원장에게 팔짱을 꼈다. 곤란하다는 듯 처진 눈꼬리 위로 자를 대고 자른 듯 가지런한 앞머리가 살랑거렸다.

"오늘 현대음악 공연이라 어쩔 수 없었어요. 연주자분들이 피아노에서 타자기 소리가 꼭 나야 된다고 하셔서……"

말이 끝나기가 무섭게 남자가 어딘가로 뛰어가더니 금세 프로그램북 두 개를 들고 다시 나타났다. 그에게서 엉겁결에 받아든 프로그램북에는 'Etude for an Old Writer'라는 타이틀과 함께 폴 발레리의 시 몇 편이 실려 있었다. 자연스레 작곡가와 연주자의 약력을 훑는 수민과 달리 원장은 프로그램북 표지만 보는 둥 마는 둥 했다.

"요즘은 피아노로 별걸 다 한다니까. 아주 악기 수명을 줄이지 못해 안달이야."

원장은 조금 전 차 안에서 현에 물체를 부착해 음질을 바꾼 피아노를 프리페어드피아노라고 부른다는 것을 알려 주었었다. 사용자의 욕구가 악기의 안녕과 늘 일치하지는 않는다는 것도. 피아노의 상태와 사용자의 요구 모두에 귀 기울여야 한다는 점에서, 조율사는 둘 사이의 조정자에 가깝다는 것도.

원장이 피아노 쪽으로 성큼성큼 향했다.

"시간 없어요. 빨리빨리 하자."

피아노를 향해 다가가자, 두 여자가 건반과 페달을 번갈아 눌러보고 있었다. 남자가 각각 작곡가와 피아니스트라고 소개하자 피아니스트가 은연중에 작게 뭉친 고무찰흙을 든 손을 뒤로 감추는 것이 수민의 눈에 들어왔다.

앞판을 떼어내 고스란히 드러난 피아노 현 사이사이에 서류 클립과 지우갯조각이 꽂혀 있었다.

작곡가가 건반 몇 개를 눌러 보였다. 조금 떨어진 곳에서도 달그락달그락하는 잡음이 들렸다.

"그랜드피아노일 때는 문제가 없었거든요."

"그랜드는 현이 수평으로 누워 있으니 가능했겠지요. 크기도 업라이트와 비교가 안 되고요. 어디 한번 봅시다."

원장이 피아노 앞에 섰다.

"수민씨 생각은 어때?"

곰곰이 생각하던 수민이 답했다.

"액션에…… 문제가 생긴 게 아닐까요?"

원장은 문제를 빠르게 찾아내기 위해서 필요한 것은 오직 다양한 경험뿐이라고 이야기했었다. 같은 회사에서 출시한 피아노라 하더라도 피아노의 상태가 미묘하게 다른데다 제각기 다른 환경에 놓이기 때문에 유사한 증상이라 하더라도 원인이 천차만별일 수 있다는 거였다. 환경에 유기적으로 반응하는 특성상 부품의 교체는 최후의 수단으로 남겨두어야 한다고도 했다.

피아노는 끝에 끝까지 고쳐 쓰는 악기다. 사람의 장기처럼 어르고 달래서.

옆으로 비켜선 피아니스트가 수민을 향해 조심스레 입을 열었다.

"저기…… 지우갯조각이 현 아래로 들어가버렸는데, 괜찮을까요?"

그 모습이 꼭 어린아이 같아, 수민은 자기도 모르게 고개를 끄덕였다.

"그럼요. 선생님이 고쳐주실 거예요."

문득, 수민은 자신이 이런 순간을 무척 좋아한다는 것을 깨달았다. 예술의 과정에 존재하는 사소한 실책의 순간들을 말이다. 원고의 유려한 문장들 사이에서 '배게'라고 적힌 단어를 발견해 '베개'라고 고쳐 넣을 때, 혹은 지금처럼 엄한 선생님 앞에서 이실직고하는 학생 같은 어리숙한 표정의 피아니스트를 만났을 때, 수민은 자신이 이들 뒤에서 할 수 있는 일이 있다는 게 좋았다.

원장이 드라이버로 백책을 살피는 것을 유심히 관찰하고 있을 때, 주머니에서 진동이 울렸다.

엄마였다.

일차 변론 기일이 끝난 뒤 엄마는 조금 밝아졌다. 상대 측 증거자료가 부실했는지 변호사가 승소를 자신한 모양이었다.

'굴먹지마노로조심'

이건 또 무슨 소리야, 싶으면서도 예전처럼 어디선가 들은 내용을 불쑥 보내오는 엄마의 모습에 마음이 놓였다. 문자메시지를 들여다보는 수민에게 피아니스트가 속삭였다.

"이따 공연 보고 가셔도 돼요."

재미있을 거예요, 라고 덧붙이며 웃는 얼굴. 마치 어떤 문은 애쓰지 않아도, 살짝 미는 것만으로도 가볍게 열린다는 사실을 알려주듯이. 수민이 미처 발견하지 못한 너그러운 세계가, 고치고 또 고쳐 쓰는 것이 소중한 과정으로 여겨지는 오래되고도 낯선 세계가 아주 가까이에 숨어 있다는 것을 알려주듯이.

수민은 마주보고 고개를 끄덕였다.

* 53쪽에 나오는 '상상 정원'은 2021년 전시 공간 피크닉에서 열린 '정원 만들기'의 구성에서 착안했습니다.

* 58쪽에 나오는 과학 도서의 문장은 칼 세이건·앤 드루얀의 『잊혀진 조상의 그림자』(김동광 옮김, 사이언스북스, 2008)에서 인용했습니다.

* 195~197쪽에 나오는 내용은 손태룡의 「한국의 피아노 유입 과정 고찰」(2013)을 참고했습니다.

* 199쪽에 나오는 'Etude for an Old Writer'는 김지향의 곡 〈Etude for an Old Writer〉에서 차용했습니다.

* 그 외 소설을 쓰는 데 다음의 책들로부터 도움을 받았습니다. 『가드너의 일』(박원순, 날, 2022), 『조율의 시간』(이종열, 민음사, 2019).

이 이야기는 2021년 초에 발표한 오십 매짜리 짧은 단편소설에서 시작되었다. 그해 겨울엔 눈이 많이 내렸는데, 속상한 일에도 그저 묵묵히 눈을 치우는 인물의 이야기를 그려보고 싶어 쓴 소설이었다. 그 소설을 본 문학동네 편집부에서 장편으로 꾸려보는 건 어떻겠느냐는 제안을 주었다. 일 년 뒤에야 좀더 긴 이야기가 만들어져서 '주간 문학동네'에 연재할 수 있게 되었다. 연재는 칠 개월 만에 기적적으로 끝낼 수 있었지만 책을 내는 일은 요원해 보였다. 주변에서 안부 인사처럼 장편은 언제 나오느냐고 물었는데, 그때마다 다른 이유를 들었다. 시점을 바꾸는 중이라는 둥, 분위기를 좀더 산뜻하게 만드는 중이라는 둥 변명을 했지만 출간이 늦어지는 이유는 한 가지였다. 눈을 치우는 인물의 마음을 내가 잘 몰라줘서. 그걸 들여다보는 데 이 년이 더 걸렸다.

책이 나오기까지 도움을 준 분들이 많다. 긴 시간 기다려준 편집부와 소박한 내용을 아름다운 모양새로 담아준 이혜진 디자이너님, 그리고 기꺼이 추천사를 써주신 이제니 선생님께 감사드린다. 원고를 정리하는 동안 김내리, 여승주 편집자님의 섬세한 손길에 많은 걸 배웠다. 특히 연재에서 출간에 이르기까지 매 순간 한결같은 인내와 성실, 그리고 애정으로 함께해준 김내리 편집자님께 깊은 고마움을 전하고 싶다. 아무리 길고 험한 여행도 누군가와 함께라면 얼마든지 즐거울 수 있다는 걸 알게 해주었다. 마지막으로 늘 용기를 북돋아주는 D와 사랑하는 엄마에게 감사와 애정을 보내고 싶다.

이 소설은 아주 평범한 이야기다. 평범한 사람들이 감당할 수 있을 정도의 실패를 겪고 무너지지 않을 만큼의 고통을 견딘다. 하지만 모두 견뎌냈기에 감당할 수 있었다고, 무너지지는 않을 정도였다고 말할 수 있게 된 것이 아닐까? 삶을 지속하는 힘은 거창한 미래에 대한 기대 따위에서 비롯되는 게 아닌지도 모른다. 어쩌면 그 힘은 스스로가 아주 평범한 존재라는 것에서, 그리고 그 평범한 모두가 자신들에게 주어진 몫의 눈더미를 덤덤히 치우는 중이라는 엄연한 진실에서 나오는 것인지도 모른다고, 나는 소설을 쓰며 생각했다.

그리고 이제 이 이야기를 평범한 모든 독자들에게 들려주고 싶다.

2024년 가을
김유진

문학동네 장편소설
평균율 연습
ⓒ 김유진 2024

초판인쇄 2024년 10월 10일
초판발행 2024년 10월 30일

지은이 김유진
책임편집 김내리 | 편집 여승주
디자인 이혜진 | 저작권 박지영 형소진 최은진 오서영
마케팅 정민호 서지화 한민아 이민경 왕지경 정경주 김수인 김혜원 김하연 김예진
브랜딩 함유지 함근아 박민재 김희숙 이송이 박다솔 조다현 정승민 배진성
제작 강신은 김동욱 이순호 | 제작처 한영문화사(인쇄) 경일제책사(제본)

펴낸곳 (주)문학동네 | 펴낸이 김소영
출판등록 1993년 10월 22일 제2003-000045호
주소 10881 경기도 파주시 회동길 210
전자우편 editor@munhak.com | 대표전화 031) 955-8888 | 팩스 031) 955-8855
문의전화 031) 955-2696(마케팅) 031) 955-8864(편집)
문학동네카페 http://cafe.naver.com/mhdn
인스타그램 @munhakdongne | 트위터 @munhakdongne
북클럽문학동네 http://bookclubmunhak.com

ISBN 979-11-416-0155-3  03810

www.munhak.com